에도가와 란포
파노라마 섬 기담

일본문학 총서 7

에도가와 란포 江戸川乱歩
파노라마 섬 기담 パノラマ島綺譚

박용만 옮김
이성규 감수

도서출판 시간의물레

■ 저자 소개

에도가와 란포(江戶川乱步)[1894년〈메이지(明治) 27년〉 10월 21일 - 1965년〈쇼와(昭和) 40년〉7월 28일]는 일본의 추리소설가, 괴기·공포소설가, 편집자인데, 본명은 히라이 다로(平井太郞)이다. 1894년 10월 21일, 미에(三重)현(縣) 나바리(名張)시(市)에서 히라이 도키쿠(平井繁男)의 장남으로 출생하여, 2세 때 아버지의 전근으로 스즈카군(鈴鹿郡) 가메야마초(龜山町), 그 이듬해에 아이치(愛知)현(縣) 나고야(名古屋)시로 옮긴다. 이후 성인이 되어서도 이사를 반복해서 평생 46회 이사했다.

초등학교 때 어머니가 들려준 기쿠치 유호(菊池幽芳) 역(訳) 『비중지비(祕中の祕)』(윌리엄 르 큐 원작)가 탐정소설을 접한 최초의 경험이었다. 중학교에서는, 오시카와 슌로(押川春浪)나 구로이와 루이코(黒岩淚香)의 소설을 탐독했다. 구제(旧制) 아이치(愛知)현립(県立) 제5중학교를 졸업한 후, 와세다(早稲田)대학 정경학부에 입학한다. 중학생 때에 구로이와 루이코(黒岩淚香)의 『유령탑』 등의 작품에 열중한 이후, 구미의 미스터리 작품을 탐독하고, 펜네임은 그가 경도된 에드거 앨런 포(Edgar Allan Poe)에서 유래된다. 대학 재학 중에 걸작 처녀작 『화승총(火縄銃)』을 집필하여, 하쿠분칸(博文館)의 잡지 『모험세계(冒險世界)』에 투고하지만, 게재는 되지 않았다.

대학 졸업 후에는, 무역상 사원, 도바(鳥羽)조선소 전기부에 취직한다. 서무과로 배속되었는데, 기사장의 마음에 들어, 사내 잡지 『니치와(日和)』의 편집과 아이들에게 옛날이야기를 들려주는 모임을 여는 등, 지역 교류의 일을 맡게 된다. 이 회사는 1년 4개월 만에 퇴직하는데, 이 시기의 경험이 『지붕 밑의 산책자(屋根裏の散歩者)』(1926년), 『파노라마 섬 기담(パノラマ島奇談)』(『신청년(新青年)』에 1926년에서 1927년에 걸쳐 연재되었다)의 참고가 되었다고 한다. 그리고 헌책 장사, 도쿄시 직원, 포장마차의 중국 메밀 가게 등 각종 직업을 전전한다.

1923년에, 모리시타 우손(森下雨村)과 고사카이 후보쿠(小酒井不木)의 격찬을 받아, 『니센도카(二銭銅貨)』가 『신청년(新

青年)』4월호에 연재됨으로써 작가로 데뷔한다. 본격적인 암호 해독을 트릭으로 삼은 본 작품은, 일본에 근대적인 추리소설을 확립한 기념비적인 작품으로 평가받는다.

데뷔작인 『니센도카(二錢銅貨)』 이후는, 어디까지나 겸업의 취미라는 범주로서 산발적으로 단편소설을 집필하는 데에 머물렀다. 1925년, 모리시타(森下)의 기획으로 『신청년(新靑年)』에 6개월 연속 단편을 게재함에 따라, 두 번째 작품인 『심리시험(心理試驗)』이 호평을 받고 이것을 계기로 단호한 결심을 하게 되었다고 서술하고 있다. 이것으로 회사를 그만두고 소설가 하나만으로 살아가는데, 탐정소설가로서는 일찍 침체 상태에 빠져, 연속 게재 여섯 번째 작품에 해당하는 『유령(幽靈)』(1925년 5월)은 스스로 형편없는 작품이라고 평하고, 소설가가 된 것을 후회했다고 한다. 그러나 모리시타(森下)의 소개로 『사진(写真)호치(報知)』나 『구라쿠(苦楽)』에도 게재하게 되어, 탐정소설 전문지인 『신청년(新靑年)』에는 실리지 못하는 통속적인 작품을 집필함으로써 생계가 안정되었다.

그 후 『인간의자(人間椅子)』(1925년), 『D비탈길의 살인사건(D坂の殺人事件)』(1925년), 『지붕 밑의 산책자(屋根裏の散步者)』(1926년) 등, 독창적인 트릭과 참신한 착상에 의한 단편과 『호반정(湖畔亭)사건』(1926), 『파노라마 섬 기담(パノラマ島奇談)』(1926-1927), 『잇슨보시(一寸法師, 난쟁이)』(1926-1927), 『음험한 짐승(음수; 陰獸)』(1928) 등의 중장편을 집필하는 한편, 『오시에(押絵)와 여행하는 남자』(1929년), 『고도의 도깨비(孤島の鬼)』(1930년)과 같은 환상적인 괴기 취향의 명편(名編)을 발표했다. 그러나 1930년 전후부터 창작력의 고갈을 느끼며, 몹시 강렬한 서스펜스를 무기로 한 『거미 남자(蜘蛛男)』(1929년), 『황금가면(黃金仮面)』(1930년) 등의 통속 스릴러로 전환하고, 또 다른 한편으로는, 『괴인(怪人)이십면상(二十面相)』(1936년)과 같은 아동물을 써서 갈채를 받았다. 중기의 본격적인 작품으로 간주되는 『석류(石榴)』(1934년)로, 제2차 세계대전 중에는 사실상 집필 금지 상태에 놓였다.

제2차 세계대전 이후에는, 추리소설 분야를 중심으로 평론가나 연구가, 편집자로서도 활약했다. 전후(戰後)에는,

『게닌겐기(化人幻戯)』(1954년)와 같은 장편도 썼지만, 란포(乱歩)의 정열은 창작보다도 오히려 추리소설의 보급과 후배 양성, 연구와 평론으로 향해져 1947년에 탐정작가클럽의 초대회장이 되었다. 1954년 환갑을 기념하여 신인 발굴을 목적으로 한 '에도가와란포 상(江戸川乱歩賞)'을 설정하고, 란포의 기부로 창설된 '에도가와란포 상(江戸川乱歩賞)'이 추리작가의 등용문이 되는 등, 후세에도 커다란 영향을 미쳤다. 자신도 실제로 탐정으로서, 이와이 사부로(岩井三郎) 탐정사무소에 근무한 경력도 있다.

전후에도 대중은 란포(乱歩)의 '본격적인 것'보다도 '변칙적인 것'을 지지하고, 작가로서도 일본·해외를 불문하고 기출의 트릭이 있는 본격 추리가 경멸받는 경향으로 인해, 란포(乱歩)뿐만 아니라 변칙적인 것을 중심으로 집필하기에 이르렀다. 동 시기에 다수 발표된 장편 탐정소설 중에서, 전후 지속적으로 재간된 것은 란포(乱歩)의 작품뿐이다. 공전의 리바이벌이 된, 요코미조 마사시(横溝正史)조차 제2차 세계대전 이전의 장편은 몇 개를 제외하면 일시적으로 재간되었을 뿐이다. 그리고 추리소설[미스터리]의 틀에 머무르지 않고, 괴기·환상문학에서 존재 이유가 있다. 란포(乱歩)의 엽기·비정상적인 성애(性愛)를 그린 작품은 후일의 관능소설에 다대한 영향을 남겼다.

1963년에는 일본추리작가협회의 초대 이사장에 취임했다. 추리소설의 창작 이외에 평론집 『환영성(幻影城)』정편(1951)·속편(1954), 자전적 에세이집 『탐정소설40년』(1961년)이 있다.*

---

* 이상은 日本大百科全書(ニッポニカ)「江戸川乱歩」의 해설
https://kotobank.jp/word/%E6%B1%9F%E6%88%B8%E5%B7%9D%E4%B9%B1%E6%AD%A9-14570フリー百科事典『ウィキペディア(Wikipedia)』https://ja.wikipedia.org/wiki/%E6%B1%9F%E6%88%B8%E5%B7%9D%E4%B9%B1%E6%AD%A9에서 인용하여, 적의 번역함.

■ 역자 머리말

『파노라마 섬 기담(パノラマ島綺譚)』은 일본에서 추리소설 작가로 명성이 자자한 에도가와 란포(江戶川乱步)가 저술한 중편 추리소설을 번역한 것이다.

본 역서의 초출은 1926년 10월호에서 1927년 4월호에 5회에 걸쳐 하쿠분칸(博文館)에서 발행하는 『신청년(新靑年)』에 연재된 작품이다. 제목 표기에 초출 시의 제목은 『パノラマ島奇譚』이고, 단행본 수록 시에는 『パノラマ島奇談』으로 게재되었다. 그러나 수록 시의 표기에 있어서도 「奇譚」, 「奇談」, 「綺譚」 등과 같이 반드시 일정하지 않다.

본 역서의 원 저본은 슌요도(春陽堂)에서 1927년 3월 20일에 간행한 『창작 탐정 소설집(創作探偵小説集) 제7권』에 수록되어 있고, 저본은 2004년 8월 20일 고분샤(光文社)에서 발행한 『에도가와 란포 전집(江戶川乱步全集) 제2권』『파노라

마 섬 기담(パノラマ島綺譚)』에 기반을 둔, 인터넷 도서관 아오조라(青空)문고에서 제공하고 있는 인터넷 파일을 번역 대상으로 삼았다.

『파노라마 섬 기담(パノラマ島綺譚)』과 같은 시기에 『잇슨보시(一寸法師, 난쟁이)』(1926-1927)가 집필되었다.

소설가 시부사와 다쓰히코(澁澤龍彥)에 따르면 '에도가와 란포(江戸川乱歩)의 작품 중에서 아마 가장 인구에 회자되는 것이 『파노라마 섬 기담(パノラマ島奇談)』이 아닐까'라고 서술하고 있다. 이 작품이 각종 여러 작품의 영향을 받아 집필된 것은 유명하다. 먼저 다니자키 준이치로(谷崎潤一郎)의 『금빛 죽음(金色の死)』은 그 구성이나 묘사 등이 거의 같다고 해도 좋을 만큼 유사하다. 『금빛 죽음』에 관해 란포(乱歩)는 "나는 이 소설이 에드거 앨런 포(Edgar Allan Poe)의 『아른헤임의 영지(The Domain of Arnheim)』(1847)와 『랜더의 별장(Landor's Cottage)』(1849)의 착상과 흡사한 것을 깨닫고는 아, 일본에도 이런 작가가 있었구나, 이것이라면 일본 소설도 좋아질 수 있다."며 거의 광희했다고 한다. 곧 란포는 다니자키의 저작을 접하고 자신의 작품 소재의 원자료를 알게 된 것으로 판단된다.

인기도 없고 팔리지 않지만 호구지책으로 여하튼 잡문을 써야 하는 작가 히토미 히로스케(人見廣介)는 정해진 직장에 취직하지 못한 채 극빈한 생활을 보내고 있으면서도 자기의 이상향을 만드는 것을 꿈꾸고 있었다. 그런데 어느 날 지인인 신문기자를 통해 모습이 자기와 닮은 대재산가인 고모다 겐자부로(菰田源三郎)가 병사했다는 이야기를 듣고 당치도 않은 계획을 꾸미게 된다. 대학생 시절 히토미와 고모다는 같은 대학을 다니고 있었고 친구들로부터는 쌍둥이 형제라고 야유를 받기도 했다.

고모다의 지병이 간질이고 간질병을 가진 사람은 곧 사망이라는 진단 뒤에도 소생하는 일이 있다는 이야기, 나아가 고모다 집안의 묘지가 있는 지역은 토장 풍습이 남아 있다는 것을 알게 된 히토미 머릿속에는, 어떤 거창한 계획이 싹트게 된다. 그것은 고모다가 다시 살아난 것처럼 꾸며서 고모다 집안에 들어가서 막대한 재산을 사용하여 자기의 이상향인 지상 낙원을 만드는 것이었다.

히토미는 먼저 자신의 자살을 위장한 후, 고모다 집안이 있는 M현(県)에 들어가자 고모다의 묘를 파헤치고 그 시신을 파내서 옆에 있는 그의 조상 묘에 다시 파묻는다. 그리고

마치 고모다가 소생한 것처럼 가장해서 감쪽같이 고모다 집안에 잠입하는 데에 성공한다. 그리고 히토미는 고모다 집안의 재산을 처분해서 M현의 S군(郡) 남단에 있는 작은 섬 오키노시마(沖の島)에 오랫동안 꿈에 그리던 이상향 건설에 몰두한다.

한편 살아 돌아오고 나서는 자기를 멀리하고 그때까지는 무관심했던 사업에 열중하는 남편을 보고 고모다의 처 치요코(千代子)는 당황하며 어찌 할 바를 모른다. 어느 날 그간 참고 있던 치요코와의 접촉에서 치요코는 그만 히토미가 이전의 고모다가 아닐지도 모른다는 생각을 하게 되고, 그것을 두려워한 히토미는 치요코를 자기가 세운 이상향인 파노라마 섬에 유인하여 살해할 계획을 세운다.

그 후 고모다(菰田)의 여동생 히가시코지(東小路) 백작 부인의 의뢰를 받아 치요코의 행방을 살피면서 히토미의 정체를 밝히기 위해 명탐정인 기타미 고고로(北見小五郎)가 파노라마 섬에 잠입하여 히토미를 추궁하게 된다.

역자인 박용만은 본문 비판, 윤문 번역, 주, 해설에 관해 지도교수인 이성규 선생님의 각별한 지도와 감수를 받았다.

그리고 본문의 일부 어휘 및 표현에 관해서는 인하대학교 대학원 박사과정 일본어학 전공의 나카무라 유리(中村有里)님(인천대학교)의 다대한 조언을 받았기에 여기에 감사의 뜻을 표한다.

2022년 12월 20일
역자 박용만(朴用萬)

파노라마 섬 기담 パノラマ島綺譚

차 례

■ 저자 소개 : 에도가와 란포 江戸川乱歩 / 4

■ 역자 머리말 / 10

■ 파노라마 섬 기담 パノラマ島綺譚 / 16

파노라마 섬 기담 パノラマ島綺譚[1]

■ 주요 등장인물

히토미 히로스케 人見廣介 : 안 팔리는 작가로 현실에 체념하고 그 특유의 이상향을 건설하는 것을 몽상하며 나날을 보내고 있다가 대학 친구를 통해 자기와 쌍둥이처럼 닮은 고모다 겐자부로의 죽음을 알고 특유의 무시무시한 계책을 짜낸다.

고모다 겐자부로 菰田源三郎 : 히로스케의 대학 동창생으로 큰 자산가이다. 히토미 히로스케와는 '쌍둥이'라고 야유 받을 정도로 꼭 빼닮은 모습을 하고 있는데 지병인 간질 발작으로 숨을 거둔다.

---

[1] 기담(綺譚 / 奇談 / 奇譚) : 기이한 이야기. 이상한 이야기.

치요코千代子 : 고모다의 젊은 아내. 고모다(히토미)가 살아 돌아온 다음, 갑자기 매정하게 대하자 남편에 대해 의의함과 동시에 사모가 뒤섞인 감정을 갖게 되는데….

기타미 고고로北見小五郎 : 표면상으로는 히토미 히로스케가 만든 파노라마 섬에 고용된 문학자인지만 실은 고모다(菰田)의 여동생 히가시코지(東小路) 백작 부인의 의뢰를 받아 치요코의 행방을 살피면서 히토미의 정체를 밝히기 위해 잠입한 명탐정이다.

1

 같은 M현(県)에 사는 사람들도 대부분은 알지 못할 것입니다. I만(灣)이 태평양으로 나가려 하는, S군(郡)의 남쪽 끝에 다른 섬들로부터 멀리 떨어져서 마치 녹색 만주(饅頭)2)를 엎어놓은 것 같은 직경 20리가 채 안 되는 작은 섬이 떠 있습니다. 지금은 무인도나 다름없어 부근 어부들이 가끔 일시적으로 상륙해서 볼 정도로, 거의 뒤돌아보는 사람조차 없습니다. 특히 이 섬은 한 곳(岬)의 돌출된 부분이 거친 바다에 고립되어 있어, 바다 날씨가 어지간히 잔잔해지지 않으면 작은 어선 등으로는 너무나도 위험하고, 또 위험을 무릅쓰고까지 가까이 와볼 정도의 장소도 아닙니다. 그 고장 사람들은 흔히 '오키노시마(沖の島)'라고 부르고 있는데 언제부터인지 섬 전체가 M현 제일의 부호인 T씨의 고

---

2) 만주(饅頭) : 밀가루 등의 가루를 개서 만든 피로 팥소를 싸서 찌거나 굽거나 해서 만든 과자.

모다(菰田)집안 소유로 되었습니다. 그 전에는 이 집안에 속하는 어부들 중에서 호사가 무리가 오두막집을 세우고 살거나 그물 말리는 곳, 헛간 등으로 사용한 적도 있었는데, 수년 전에 그것이 완전히 헐리고 갑자기 이 섬에 수상한 작업이 시작되었던 것입니다. 몇 십 명이라는 인부 미장이 또는 정원사 등의 무리가 특별히 준비한 배를 타고 날마다 섬 위에 모여들었습니다. 어디에서 가지고 왔는지 갖가지 모양을 한 큰 바위, 수목, 철골, 목재, 수를 헤아릴 수 없는 시멘트 통 등을 섬으로 날라 왔습니다. 그리고 마을에서 떨어진 거친 바다 위에 목적을 알 수 없는 토목 공사인지 정원을 만드는 것인지 좀처럼 감이 안 잡히는 작업이 시작된 것입니다.

오기노시마가 속한 군(郡)에는 국가 철도는 물론이거니와 사설(私設)의 경편철도(軽便鉄道)[3]나 당시는 승합자동차(乘合自動車)[4]도 다니지 않았고 특히 섬에 면해 있는 해안은 백호도 채 안 되는 빈약한 어촌이 드문드문 산재되어 있을 뿐,

---

3) 경편철도(軽便鉄道) : 궤도 폭이 좁고, 소형 기관차 및 차량을 이용하는 철도의 속칭.
4) 승합자동차(乗合自動車) : 일정한 운임을 받고 불특정 다수의 승객을 태우고 정해진 노선을 주행하는 자동차. 대형 버스(승합버스·노선버스)나 택시(승합 택시) 등.

그 중간중간에는 사람도 다니지 않는 낭떠러지가 우뚝 솟아 있었습니다. 말하자면 문명에서 분리된 마치 벽촌과 같은 곳인지라 그런 별난 큰 작업이 시작되어도 그 소문은 마을에서 마을로 전해질 뿐, 멀리 전해지게 되면 어느덧 옛날이야기가 되어 버리고 근처 도시 등에 그런 소식이 알려져도 고작해야 지방 신문의 삼면을 장식할 정도로 끝나 버립니다. 그런데 만일 이것이 큰 도시 근처에서 일어난 사건이라면 오히려 커다란 센세이션을 일으킬 것임에 틀림없습니다. 그 정도로 그 작업은 별난 것이었습니다.

  세상일에 아무리 관심이 없는 부근 어부들도 이상하게 여기지 않을 수 없었습니다. '무슨 필요에서 어떤 목적에서 그 사람들도 다니지 않는 외딴 작은 섬에 비용을 아끼지 않고, 땅을 파고 수목을 심고 담을 쌓고 집을 세우는 걸까? 설마 고모다(菰田)집안 사람들이 유별난 것을 좋아하기 때문에 그 불편한 작은 섬에 살려고 하는 것은 아닐 테고 그렇다고 그런 곳에 유원지를 만드는 것도 이상하다며, 어쩌면 고모다 집안의 당주(當主, 현재의 주인)가 미치기라도 한 것 아닐까라는 등 수군대기 시작했습니다. 그렇게 말하는 것에는 물론 이유가 있었습니다. 당시 고모다 집안의 주인이라는 사람은 간질이란 지병을 가지고 있어 그것이 심해져서 얼마 전에 한 번 죽었다는 소식이 전해졌고, 부근의 화제가 될 정도로 훌륭한 장례식도 마쳤는데 그게 불가사의하게도 다시 살아난 것입니다. 그러나 그 후의 성격이 이전과 완전히 달라져서 가끔 비상식적이고 미친 것 같은 행동을 한다는 소문이 이 부근의 어부들에게까지 전해졌는데, 그러고 보니 이번 작업도 역시 그 때문이 아닌가 하고 의심을 품게 되었던 것입니다.

그것은 여하튼 간에 사람들의 의혹 속에서, 그렇다고 도시에 알려질 정도의 큰 화제도 되지 않아 이 정체를 알 수 없는 사업은 고모다 집안의 당주의 직접 지시 하에 순조롭게 진척되었습니다. 세 달, 네 달이 경과됨에 따라 섬 전체를 에워싸 마치 만리장성과 같은 이상한 토담이 만들어졌는데 내부에는 연못이나 강, 언덕, 산골짜기도 있고, 그 중앙에 거대한 철근콘크리트의 이상한 건물도 완성되었습니다. 그 광경이 얼마나 기괴천만(奇怪千万)[5]하고, 장엄하며 화려한 것이었는지 다시 나중에 말씀드릴 기회가 있을 테니 여

---

5) 기괴천만(奇怪千萬) : 외관이나 분위기가 괴상하고 기이하기 짝이 없는 것.

기에서는 생략하겠습니다만, 그것이 만일 완전히 완성되었다면 얼마나 멋졌을까요? 분별 있는 사람이 본다면 지금 있는, 거의 황폐해진 오키노시마의 경치를 통해 충분히 추측하고도 남을 것입니다. 그런데 불행하게도 이 큰 사업은 거의 완성 직전에 뜻하지 않은 사건으로 인해 좌절되고 말았습니다.

그것이 어떤 이유때문이었던가는 극히 일부 사람들 이외에는 확실히는 알지 못합니다. 무슨이유에서인지 일이 비밀리에 진행되었던 것입니다. 그 사업의 목적이나 성질, 좌절된 이유도 모두 흐지부지하게 덮어지고 말았습니다. 다만 외부에서 알 수 있는 것은 사업의 좌절과 거의 동시에 고모다 집안의 당주와 그 부인이 이 세상을 떠나고 불행하게도 그들 사이에 대를 이을 아이가 없어서 지금은 친족들이 그 가독(家督)을 상속하고 있다는 것뿐입니다. 그의 사인에 관해서도 몇 가지의 소문이 없는 것은 아니지만 그냥 소문으로 그치고 있고 그 어느 것도 막연했기 때문에 경찰의 주의를 끌만한 정도의 것은 아니었습니다. 섬은 그 후에도 역시 고모다 집안의 소유지임에 틀림없지만 사업은 황폐해진 채, 찾는 사람도 없이 내버려져서 인공의 수풀과 숲과 꽃밭은 거의 원래의 모습을 잃어버리고 잡초가 무성하도록 방치되었으며, 철근 콘크리트의 기괴한 둥근 기둥들도 비바람을 맞아 어느새 원형이 없어져 버리고 말았습니다. 거기로 운반된 수목, 석재 등에는 큰 비용이 들었지만, 한편으로 그것을 수도로 옮겨서 매각하려면 오히려 운임이 많이 들어 실속이 없었습니다. 그래서 황폐하게 보이기는 하지만 일목일석(一木一石)6), 원래의 장소를 바꾼 것은 아닙니다. 지금도 만일 여러분이 여행의 불편을 참고 M현(縣)의 남단(南端, 남쪽 끝)을 방문하여 거친 바다를 이겨내고 오키노시마에 상륙하시면 거기에서 정말 불가사의한 인공 풍경의 자취를 틀림없이 발견하실 수 있을 것입니다. 그것은 일견 대단히 웅대한 정원에 지나지 않지만 어떤 사람은 분명히 거기에서 무엇인가 터무니없는 계획 혹은 예술과 같은 것을 느낄 수 있을 것입니다. 그와 동시에 그 사람은 또 그 부근 전체에 넘쳐흐르는 원념(怨念)7)이랄까, 귀기(鬼氣)8)랄까, 여하튼 일

---

6) 일목일석(一木一石) : 정원을 형성하는 장식 부분을 모두 생략한 궁극의 정원이다.
7) 원념(怨念) : 원한을 품은 집념.
8) 귀기(鬼氣) : 소름이 끼칠 정도로 무서운 기운.

종의 전율감에 사로잡히지 않고는 견딜 수 없을 것입니다.

거기에는 실로 거의 믿을 수 없는 일장(一場)의 이야기가 있습니다. 그 일부는 고모다 집안에 접근하는 사람들에게는 공공연한 비밀로 되어 있었고 그리고 그 중요한 그 밖의 다른 부분은 단 두세 명의 인물에게만 알려져 있는 정말 이상한 이야기가 있는 것입니다. 만일 여러분이 제 기술(記述)을 믿으신다면, 그리고 이 황당무계한 듯 보이는 이야기를 끝까지 들어주신다면, 자 그럼, 지금부터 그 비밀 이야기를 시작해 보실까요?

2

 이야기는 M현과는 멀리 떨어진 바로 이 도쿄(東京)에서 시작됩니다. 도쿄의 야마노테(山の手)9)의 어느 학생 거리에 항상 그런 살풍경의 유아이칸(友愛館)이라는 하숙집이 있고 거기의 가장 살풍경한 한 방에 히토미 히로스케(人見廣介)라는 서생(書生)10)이라고도 깡패라고도 할 수 없는, 그런데도 연배는 30이 훨씬 넘어 보이는 이상한 남자가 살고 있었습니다. 그는 오키노시마의 큰 토목공사가 시작되기 5, 6년 전에 어느 사립대학을 졸업하고, 그리고 나서 딱히 직업을 구하지도 않고, 그렇다고 이렇다 할 확실한 수입원이 있는 것도 아닌, 말하자면 하숙집을 몹시 애먹이고 친구를 몹시 괴

---

9) 야마노테(山の手) : 저지(低地, 낮은 곳)에 있는 시타마치(下町)에 대해 고대(高臺, 높은 지대)에 있는 지역을 말하는데 도쿄에서는 분쿄(文京)·신주쿠(新宿)의 구 근방 일대가 이에 해당한다. 야마노테(山手)라고도 표기한다.
10) 서생(書生) : 남의 집 가사를 돌보며 공부하는 사람.

롭히는 생활을 전전하며 떠돌아다니다가 마지막으로 이 유아이칸에 정착하여 바로 그 큰 토목공사가 시작되기 1년쯤 전까지 거기에 살고 있었습니다.

그는 자기는 철학과 출신이라고 말하고 있지만, 그렇다고 해서 철학 강의를 들은 것도 아니고 어느 때는 문학에 빠져 열중하기도 하고, 그 분야의 서책을 찾아다니는가 싶으면 어느 때는 엉뚱하게도 전혀 다른 건축과 교실 등에 나가서 열심히 청강해 보거나 그런가 하면 사회학 경제학 등에 손을 대 보거나, 다음에는 유화 도구를 사들고 와서 화가의 흉내를 내 보는 등 무엇에나 굉장히 흥미를 느끼지만 이상하게 이내 싫증을 내고 맙니다. 그렇다고 해서 실제로 취득한 과목도 없어 무사히 학교를 졸업할 수 있었던 것이 이상할 정도입니다. 그래서 만일 그가 뭔가 배운 데가 있다고 한다면 그것은 절대로 학문의 정도(正道)가 아니라 말하자면 사도(邪道)에 기묘히 한쪽으로 치우친 것이었음에 틀림없습니다. 그러기에 학교를 나와 5, 6년 지나도 아직 취직도 못 한 채 갈팡질팡하고 있는 것입니다.

그렇다고 해서 히토미 히로스케 자신이 무슨 취직을 해서 그냥 보통 생활을 영위하고자 하는 등의 갸륵한 생각은 가지고 있지 않았습니다. 실은 그는 이 세상을 경험하기 전부터 이 세상에 질려 있었습니다. 그 이유의 하나는 태어나면서 병약했기 때문이기도 하겠지요. 아니면 청년기 이후의 신경 쇠약의 탓인지도 모릅니다. 무언가를 할 생각도 생기지 않습니다. 인생사가 전부 그냥 머릿속에서 상상하는 것만으로 이미 충분하기 때문입니다. 죄다 '별 거 아닌 것'에 불과합니다. 그래서 1년 내내 지저분한 하숙방에 아무렇게나 드러누운 채, 그는 어떤 실제가(実際家)[11]도 지금까지 경험한 적이 없는 그 자신만의 꿈을 계속 꿔왔습니다. 즉 한 마디로 말하면 그는 다름 아닌 극단적인 몽상가였던 것입니다.

그럼 그는 그렇게 모든 세상사를 내팽개치고 도대체 무엇을 꿈꾸고 있었을까요? 그것은 그 자신의 이상향, 유토피아(무카우노사토(無可有鄕))[12]의 상세한 설계에 관해서였습니다. 그는 학교에 있을 때부터 학습 정체기(プラトー, plateau) 이후에 수십 종의 이상국 이야기, 유토피아 이야기를 정말 열심히 탐독했습니다. 그리고 이들 서책의 저자들

---

11) 실제가(実際家) : 이론이나 형식 등보다도 사물을 현실적으로 처리하는 것을 좋아하는 사람. 실무가(実務家).

12) 유토피아(무카우노사토(無可有鄕)) : 자연 그대로 아무런 작위(作爲)도 없는 이상향.

이 실현하지도 못한 그들의 몽상을 문자를 빌어 나타내고 세상에 발표하여 그 평가를 구함으로써 최소한의 위안을 얻으려 했던, 그 기분을 상상하고는 일종의 공감을 느끼고 그 것으로 그 자신도 사소한 위로를 받을 수 있었던 것입니다. 이들 저서 중에서도 정치, 경제 등과 같은 이상향에 관해서는 그는 거의 무관심했습니다. 그의 마음을 사로잡은 것은 지상 낙원으로서의 '미(美)의 나라' '꿈의 나라'로서의 이상향이었습니다. 그러므로 카베(Cabet)의 『이카리아여행기(Voyage en Icarie)』(1840)보다는 모리스(Morris, William)의 『유토피아에서 온 소식(News from Nowhere)』(1890)이, 모리스보다는 더 나아가 에드거 앨런 포(Edgar Allan Poe)의 『아른하임의 대지(The Domain Of Arnheim)』(1847)가 한층 그를 매혹시켰습니다.

그의 유일한 몽상은 화가가 캔버스와 그림물감에 의해, 시인이 문자에 의해 다양한 예술을 창조하는 것과 마찬가지로 이 대자연의 산천초목을 재료로 삼아 돌 하나, 나무 하나, 꽃 하나, 혹은 또 거기에 한데 어울려 나는 새, 짐승, 벌레에 이르기까지 모두 생명을 지닌, 한 시간마다 일초마다 생육하고 있는 이들 생물을 재료로 삼아, 터무니없이 커다란 하나의 예술을 창작하는 것이었습니다. 신에 의해 만들어진 이 대자연을, 그것에는 만족하지 않고 그 자신의 개성으로 자유자재로 변혁하고 미화하고, 거기에 그만의 예술적 큰 이상을 표현하는 것이었습니다. 즉 바꿔 말하면 그 자신이 신이 되어 이 자연을 다시 만드는 것이었습니다.

그의 생각에 의하면 예술이란, 견해에 따라서는, 자연에 대한 인간의 반항, 있는 그대로의 모습에 만족하지 않고 거기에 인간 각각의 개성을 부여하고자 하는 욕구의 표현이라는 것이었습니다. 그러기에 예를 들어 음악가는 있는 그대로의 바람 소리, 파도 소리, 새와 짐승의 울음소리 등에 만족하지 않고 이들의 소리를 창조하려고 노력하고, 화가의 일은 모델을 단지 있는 그대로 그려내는 것이 아니라 그것을 이들 자신의 개성에 의해 변혁하고 미화하는 데에 있고, 시인은 말할 필요도 없이 단순한 사실의 보도자나 기록자가 아닌 것입니다. 그러나 이들 소위 예술가들은 왜 악기나 그림물감이나 문자라는 간접적이고 비효과적이며 매우 번거로운 수단에 의해 그것만으로 만족하고 있는 것일까요? 어째서 그들은 이 대자연 그 자체에 착안하지 않는 걸까요? 그리고 왜 직접 대자연 그 자체를 악기로 그림물감으로 문자로 구사하지 않을까요? 그것이 전혀 불가능한 일이 아니라는 증거에는 정원술(庭園術)과 건축술이 현재 어느 정도까지 자연 그 자체를 구사하고 정원을 변경하고 미화하고 있는 것이 아닐까요? 그것을 더욱 더 예술적으로, 한층 더 대규모로 시행할 수는 없는 걸까요? 히토미 히로스케는 이렇게 의심했던 것입니다.

따라서 그는 앞에 든 갖가지 유토피아 이야기나 그들의 가공적인 문자의 유희보다는 더 실제적인, 그 안의 어떤 것은 어느 정도 그와 같은 이상을 실현한 것처럼 보이는, 옛 제왕들의 —주로 폭군들의— 눈부신 업적에 몇 배나 이끌렸던 것입니다. 예를 들어 이집트의 피라미드, 스핑크스라든가, 그리스, 로마의 성곽 또는 종교적 대도시, 중국의 만리장성, 아방궁, 일본의 아스카(飛鳥) 시대[13] 이후의 불교의 큰 건축물인 긴카쿠지(金閣寺)[14] 긴카쿠지(銀閣寺)[15][16] 등, 단지

---

13) 아스카(飛鳥) 시대 : 6세기 말에서 7세기에 걸쳐 아스카(飛鳥) 지방을 도읍으로 삼은 스이코(推古) 조정을 중심으로 하는 시대를 가리킨다.

14) 긴카쿠지(金閣寺) : 교토(京都) 시(市) 기타(北) 구(区)에 있는 로쿠온지(鹿苑寺)의 통칭. 아시카가 요시미쓰(足利義満)의 별장 기타야마도노(北山殿)를 요시미쓰 사후, 유언에 따라 선사(禪寺)로 한 것. 1397년 3층 사리전(舍利殿)을 건립하고, 안팎에 금박을 박은 데에서 긴카

이들 건축물이 아닌 그것을 창조한 영웅들의 유토피아적 심사(心事, 마음속으로 생각하는 일)를 상상할 때 히토미 히로스케의 가슴은 설레었던 것입니다.

히토미: "만일 내게 거만(巨万)17)의 재산을 준다면…"

이것은 어느 유토피아 작가가 사용한 저서의 제목인데 히토미 히로스케도 항상 같은 탄성을 지르곤 했습니다.

히토미: "만일 내가 다 쓸 수 없을 정도의 거금을 손에 쥘 수 있다면. 먼저 광대한 땅을 매입하고, 음…그것은 어디로 하면 좋을까? 수백 수천의 사람을 노동시켜서 평소 내가 생각하고 있는 지상 낙원, 미의 나라,

---

쿠(金閣)라고 불렸다.
15) 긴카쿠지(銀閣寺) : 무로마치(室町) 막부(幕府) 8대 쇼군(将軍) 아시카가 요시마사(足利義政)에 의해 조영된 산장 히가시야마도노(東山殿)를 기원으로 하여 요시마사(義政) 사후, 린자이슈(臨済宗, 임제종)의 사원이 되고, 요시마사의 법호 지쇼인(慈照院)을 따라 지쇼지(慈照寺)라고 명명되었다. 정식 명칭을 히가시야마 지쇼지(東山慈照寺)라고 하고 쇼코쿠지(相国寺)의 탑두사원의 하나. 긴카쿠지(銀閣寺)의 유래는 에도(江戸) 시대, 긴카쿠지(金閣寺)에 대해 긴카쿠지(銀閣寺)라고 불리게 되었다고 한다.
16) 일본어의 金(きん)과 銀(ぎん)은 한국 외래어 표기법에 따르면 모두 '긴'이 되어 구별이 안 된다.
17) 거만(巨万) : 만의 곱절이라는 뜻으로 많은 수를 비유적으로 하는 말.

꿈의 나라를 만들어내고 말 텐데 말이야."

그것에는 그렇게 하고 이렇게 하라며, 공상하기 시작하면 끝없이 언제나 머릿속에서 완전히 그의 이상향을 만들어 버리지 않으면 마음이 놓이지 않았던 이유가 있었습니다.

그러나 정신이 들자 꿈속에서 마련해 두었던 것은 그냥 백일몽(白日夢), 공중누각(空中樓閣)에 지나지 않고 현실의 그는 보기만 해도 가련한, 그 날 하루의 빵에도 곤란을 겪고 있는 일개의 가난한 서생에 지나지 않는다는 것입니다. 그리고 그의 역량으로는 가령 일생을 망친 후 있는 힘을 다해 끝까지 일해 봤자 단 수만 엔의 돈도 축적할 수 없을 것 같았던 것입니다.

그는 어차피 '꿈을 꾸는 남자'였습니다. 한 평생 그렇게 꿈속에서는 유정천(有頂天)[18]의 미(美)에 취해 있으면서도 현실 세계에서는 이 얼마나 비참한 대조인가요! 지저분한 하숙집의 넉 장 반 다다미방에 드러누워 의미 없는 그날그날을 보내지 않으면 안 되는 것입니다.

그런 남자는 대개 예술에 빠져 거기에서 최소한의 안식

---

18) 유정천(有頂天) : 색계(色界) 중에서 가장 높은 하늘인 색구경천(色究竟天)을 말한다. 형태가 있는 세계의 꼭대기. 아가니타천(阿迦尼吒天).

처를 발견하는 법인데, 무슨 운명인지 그에게는 가령 예술적 경향이 있다고 해도 가장 현실적인, 지금 말하는 그의 몽상 이외에는 아마도 그 어떤 예술도 그의 흥미를 끌만한 힘이 없고 또 그런 재능을 타고나지도 않았던 것입니다.

그의 꿈이 만일 실현될 수 있다고 한다면 그것은 정말 세상에 유례를 찾을 수 없는 큰 사업이자 큰 예술임에 틀림없습니다. 그런고로 한번 이 몽상 속을 헤맨 그로서는 세상의 어떤 사업이나 오락, 끝내는 어떤 예술조차도 마치 가치 없고 하잘 것 없는 것처럼 보였던 것이 그리 어려운 일은 아니었습니다.

그러나 그렇게 모든 사항에 흥미를 잃은 그라고 해도 먹고 살기 위해서는 역시 다소의 일을 하지 않을 수는 없습니다. 그러기 위해서는 그는 학교를 나오고 나서 싸구려 번역 하청이라든가 무료를 달래기 위한 이야기라든가 드물게는 성인용 소설 등을 써서 그것을 여기저기 잡지사에 들고 가서 근근이 그 날의 생계를 꾸리고 있었습니다. 처음에는 그래도 예술이라는 것에 다소간의 흥미도 있고, 마치 예로부터 유토피아 작가들이 한 것처럼 이야기 형태로 그의 몽상을 발표하는 것에도 적잖은 위안을 찾을 수 있어서 얼마간 열심히 그런 일을 계속했습니다. 그런데 그가 쓰는 것이 번역은 별도라고 쳐도 창작 쪽은 이상하게 잡지사의 평이 좋지 않았던 것입니다. 왜냐하면 그의 작품은 그 자신의 바로 그 유토피아를 여러 가지 형식으로 지극히 미세한 곳에까지 파고들고 묘사하는 것에 지나지 않는, 말하자면 독선적이고 지루하기 짝이 없는 상품이었기에 그것은 당연하다고 하지 않을 수 없습니다.

그런 이유로 애써서 정신을 차리고 완성한 창작 등을 잡지 편집자가 깔아 뭉기는 것도 한두 번이 아니었고 게다가 그의 성격이 단지 문자의 유희 등으로 만족하기에는 너무나도 탐욕스러워서 소설은 역경에서 헤어나지 못했던 것입니다. 그렇다고 그것조차 그만둬버리면 당장 그날 생계도 곤란해져서 싫으면서도 마지못해 하는지라 항상 남 밑에서 출세를 못하는 시시한 문사의 생활을 계속해 나갈 수밖에 없었던 것입니다.

그는 1장 50센(錢)의 원고를 쓰면서 틈틈이 그의 이상향(理想鄕)의 겨냥도[19]나 거기에 세울 건축물 설계도를 몇 장 쓰고는 찢어버리고 쓰고는 찢어버리면서, 그들의 몽상을 생

---

19) 겨냥도 : 건물 등의 모습이나 배치를 알기 쉽게 그린 그림.

각대로 실현할 수 있었던 예로부터의 제왕들의 사적을 한없는 선망으로 마음에 그렸습니다.

3

 그런데 이야기라는 것은, 히토미 히로스케가 그런 상태로 사는 보람도 없는 그날그날을 보내고 있던 어느 날, 그것은 앞에서 말한 바로 그 외딴 섬의 큰 토목공사가 시작되기 1년쯤 전에 해당하는데, 실로 멋진 행운이 날아 들어온 것으로부터 시작됩니다. 그것은 한 마디로 행운 따위의 말로는 이루 말할 수 없을 정도로 기괴하기 짝이 없고 오히려 가공할만한, 그러면서도 옛날이야기와도 닮은 고혹적인 어떤 일이었습니다. 그는 이 길보(吉報)(?)를 접하고 곧바로 어떤 일이 마음에 떠올랐는데, 아마 그 누구도 전에 경험한 적이 없는 이상한 환희를 맛보고, 그리고 그 다음 순간에는 그 자신의 생각이 너무나도 무서워서 이가 덜덜 떨릴 정도의 전율을 느꼈던 것입니다.
 그 소식을 전한 사람은 대학 시절의 동급생이었던 신문기자였는데, 어느 날 그 남자가 오랜만에 히로스케 하숙집을 찾아와서 무슨 이야기를 하던 차에, 물론 그로서는 아무런 생각도 없이 문득 그 일을 말하기 시작했습니다.

기자 : "그런데 자네는 아직 모르겠지만, 바로 2, 3일 전에 자네 형이 죽었어."

히토미: "뭐라고?"

그때 히토미 히로스케는 상대의 이상한 말에 그만 이런 식으로 반문하지 않을 수 없었습니다.

기자: "이봐, 자네는 벌써 잊어버린 거야? 바로 그 유명한 자네의 한쪽 조각이야. 쌍둥이의 한쪽 조각이라구. 고모다 겐자부로(菰田源三郞)."

히토미: "아, 고모다 말이야? 그 큰 부자인 고모다가? 그거 놀라운 일인데. 도대체 무슨 병으로 죽은 거야?"

기자: "통신원이 원고를 보내왔어. 그것에 의하면, 그 친구, 지병인 간질로 당한 것 같아. 발작이 일어난 채로 회복이 안 된 거야. 아직 40 소리도 듣지 못하고 안 됐는데…"

그 뒤에 덧붙여서 신문기자는 이런 말을 했습니다.

기자: "그렇다고 하더라도 나는 새삼스레 놀랐어. 정말 어떻게 이리도 닮았을까? 자네와 그 남자가 말이야! 원고와 함께 고모다의 최근 사진을 넣어 보내왔는데. 그것을 보니 그때부터 5, 6년 지났는데 자네들은 오히려 학생 시절 이상으로 많이 닮았어. 그 사진의 콧수염 있는 데에 손가락을 대고 거기에 자네 그 안경을 쓰게 하면 마치 똑같은 사람 같다니까."

이 대화에 의해 독자 여러분께서 이미 상상하신 대로 가난한 서생인 히토미 히로스케와 M현(県) 제일의 부호 고모다 겐자부로(菰田源三郎)는 대학 시절의 동급생으로 게다가 이상하게도 다른 학생들이 쌍둥이라는 별명을 붙였을 정도로 얼굴 생김새에서 키 모양, 음성에 이르기까지 정말 쏙 빼닮았습니다. 동급생들은 그들의 연령 차이에서 고모다 겐자부로를 쌍둥이 형이라고 부르고, 히토미 히로스케를 남동생이라고 불러, 무슨 일이 있을 때마다 두 사람을 놀리려고 했습니다. 놀림을 당하면서도 그들은 서로 그 별명이 결코 거짓이 아닌 것을 직접 인정하지 않을 수는 없었습니다. 이런 일은 간혹 있는 세상사라고는 하지만 그들처럼 쌍둥이도 아닌데 쌍둥이라고 착각할 정도로 닮았다는 것은 좀 드문 일이었습니다. 특히 그것이 나중에 정말 놀랄 만한 괴이한 사건을 일으키게 된다는 사실을 생각하면 운명이라는 두려움에 떨리는 몸을 멈출 수가 없습니다.

그들이 두 사람 모두 그다지 교실에 얼굴을 보이지 않았다는 것과 히토미 히로스케가 가벼운 근시로 시종 안경을 쓰고 있어서, 두 사람이 얼굴을 마주치는 기회가 적고 얼굴을 마주쳐도 한쪽이 안경을 쓰고 있어서 멀리서도 충분히 구별할 수가 있었기 때문에, 이렇다 할 진담(珍談)[20]도 생기지는 않았지만 그래도 긴 학생 생활 중에는 화재거리가 되는 일도 한두 번이 아니었습니다. 그 정도로 그 둘은 정말 많이 닮았던 것입니다.

그 소위 쌍둥이의 한쪽이 죽었다고 하니, 히토미 히로스케로서는 다른 동창의 부보를 접한 것보다 다소 놀라움이 컸던 셈인데, 하지만 그는 당시부터 마치 자기 그림자 같은 고모다에 대해 그들이 너무 많이 닮았기 때문에 오히려 혐오의 감정을 품었을 정도로, 물론 슬픔을 느낄 정도는 아니

---

20) 진담(珍談) : 진귀하고 기이한 이야기.

었습니다. 그렇다고는 하지만, 이 사건에는 뭔지 모르게 히토미 히로스케의 마음을 움직이는 것이 있었습니다. 그것은 슬픔이라기보다는 놀라움, 놀라움이라기보다는 왠지 모르게 묘하게 정체 모르를 예감과도 같은 것이었습니다.

그러나 그것이 무엇인지 상대인 신문기자가 그 후에 다시 오랫동안 세상 이야기를 계속하다가 그리고 돌아갈 때까지 그는 전혀 눈치 채지 못했습니다. 그러나 혼자가 되고 나서 묘하게 머리에 남아 있는 고모다의 죽음에 관해 여러 가지 생각하는 동안 이윽고 당치도 않은 공상이, 소나기구름이 퍼져갈 때와 같이 빠르고 섬뜩하게 그의 머릿속에 걷잡을 수 없이 솟아오르기 시작했습니다. 그는 얼굴이 새파래져서 이를 악물고 마침내 와들와들 떨면서 가만히 죽 한 곳에 앉은 채, 점점 확실히 정체를 드러내기 시작하는 생각에 응시하고 있었습니다. 어느 때는 너무 무서워서 계속 솟아오르는 묘책을 억누르려고 노력했지만 아무리 해도 멈추기는커녕 누르면 누를수록 오히려 만화경(萬華鏡)[21]의 또렷한

---

21) 만화경(萬華鏡) : 원통 속에 여러 가지 물들인 유리 조각을 설치하고, 장방형 유리판을 세모지게 짜 넣은 것으로 그 속을 들여다보면 온갖 형상이 대칭적으로 나타나게 된다.

형상처럼 그 못된 계략의 하나하나의 장면까지 환상처럼 다가오는 것이었습니다.

4

그가 그런, 말하자면 미증유의 못된 계략을 생각해낸 하나의 중대한 동기는, M현의 고모다 지역에서는 일반적으로 화장이라는 것이 없고 특히 고모다 집안과 같은 상류 계급에서는 더욱 더 그것을 꺼려하여 반드시 매장하는 것으로 정해져 있다는 점에 있었습니다. 그것에 대해서는 재학 시절 고모다 본인의 입에서도 들어서 잘 알고 있었습니다. 또 하나는 고모다의 사인이 간질 발작이라는 것이었습니다. 이것이 또 그의 어떤 기억을 불러일으켰던 것입니다.

히토미 히로스케는 행인지 불행인지 이전에 하르트만(Hartmann), 프랑수아 부셰(François Boucher), 켐프너(Lydia Rabinowitsch-Kempner) 등의 죽음에 관한 서책을 탐독한 적이 있는데, 특히 가사(假死) 상태의 매장에 관해서는 상당한 지식을 가지고 있어서, 간질에 의한 죽음이라는 것이 얼마나 불확실하고 생매장의 위험을 수반하는 법인지를 잘 알고 있었습니다. 많은 독자 여러분께서는 아마 에드거 앨런 포(Edgar Allan Poe)의 『너무 이른 매장(The Premature Burial)』(1844)이라는 단편을 읽으신 적이 있으시겠지요. 그리고 가사 상태의 매장의 무서움을 충분히 알고 계시겠지요.

"산 채로 매장된다는 것은 일찍이 인류의 운명에 주어진, 이들의 극단적인 불행(바솔로뮤 로버츠(Bartholomew Roberts, 1682-1722)의 대학살 기타 역사상의 전율할 사건) 중에서 의심할 여지가 없는 가장 무시무시한 것이다. 그리고 이것이 자주 몹시 여러 번 이 세상에 일어나는 것은 사리를 잘 아는 사람이라면 부정할 수 없다. 생과 사를 구분하는 경계는 기껏해야 막연한 그림자이다. 어디에서 삶이 끝나고 어디에서 죽음이 시작되는지, 누가 정할 수 있을까? 어떤 질병에 있어서는 생명의 외부적 기관이 모두 휴지(休止)되어 버리는 일이 있다. 게다가 이 경우 이런 휴지 상태는 단순한 중지에 지나지 않는 것이다. 이해할 수 없는 기제(機制)[22]의 일시적 정지에 지나지 않는 것이다. 따라서 잠시 시간이 지나면 (그것이 몇 시간인 경우도 있거니와 며칠인 경우, 혹은 수십 일이 이르는 경우도 있다.) 눈에 안 보이는 이상한 힘

---

22) 기제(機制) : 인간의 행동에 영향을 미치는 심리의 작용이나 원리.

이 작용해서 작은 톱니바퀴, 큰 톱니바퀴가 마법처럼 다시 움직이기 시작한다."

그리고 간질이 그런 질병의 하나라는 것은 각종 서책에 나타난 실례를 통해 의심할 여지도 없는 것입니다. 예를 들어 일찍이 미국의 '생매장방지협회(生埋め防止協会)23)'의 선전 책자에 발표된 가사(假死) 상태가 일어나기 쉬운 몇 가지 종류의 질병 중에도 간질 항목이 분명히 포함되어 있던 것을 왠지 그는 잘 기억하고 있었습니다.

그는 수많은 가사 매장의 실례를 읽고 얼마나 기이한 느낌을 받았을까요? 그 이루 말로 표현할 수 없는 일종의 느낌에 대해서는, 공포라든가 전율이란 말이 너무 흔해 빠지고 평범하기 짝이 없는 것이라 생각되었을 정도였습니다. 예를 들어 임산부가 너무 빠른 매장을 당해 묘지 속에서 되살아나고, 되살아났을 뿐만 아니라 그 어둠 속에서 분만하여 울부짖는 젖먹이를 안고 몸부림치며 죽어가는 이야기 등

---

23) 생매장방지협회(生埋め防止協会) : 윌리엄 텝(William Tebb)은 동물의 권리, 전쟁 반대, 백신 반대 등 그는 인생의 태반을 대의를 위해 바쳤는데, 어떤 만남을 계기로 산 채로 매장되는 것을 방지한다는 사명에 불타게 된다. 1896년 '런던 생매장방지협회'를 설립하고, 나아가 1905년 보어만과 함께 『Premature Burial and How It May Be Prevented(생매장과 그 방지책)』이란 책을 출판했다.

은 (아마 그녀는 나오지 않는 젖을 피투성이의 영아의 입에 물리고 있기라도 했을 겁니다.) 마치 뇌리에 새겨진 듯한 인상으로 언제까지나 그의 기억에 남아 있었습니다.

그러나 간질이 역시 그런 위험을 수반하는 병인 것을 그는 어떻게 그리도 확실히 기억하고 있었는지, 히토미 히로스케 자신은 전혀 알아차리지 못했는데 인간의 마음의 두려움에는 그는 이들 책을 읽었을 때 그와 꼭 닮은 쌍둥이의 한쪽이라고까지 했던 고모다, 큰 부자인 고모다가, 역시 간질을 앓고 있었다는 것을 무의식중에라도 의식하지 않았다고는 말할 수 없습니다. 앞에서 말한 대로 태어나면서부터 몽상가였던 히토미 히로스케가, 이것저것 하나하나 생각해대는 체질인 그가, 가령 확실히 의식하지 않았다고는 할 수 있어도 그것을 모를 리는 없었던 것입니다.

만일 그렇다고 하면, 몇 년 전에 그의 마음속 깊은 곳에 몰래 뿌려진 씨가 지금 고모다의 죽음을 만나 비로소 확실한 형태를 드러냈다고도 생각할 수 있습니다. 그러나 여하튼간에 그의 세계에서도 드문 못된 계략은 그렇게 그가 온몸으로부터 송송 배어내는 식은땀을 느끼면서 그날 밤새도록 눕지도 않고 계속 앉아 있는 사이에 처음에는 마치 옛날

이야기나 꿈같이 생각이었던 것이 조금씩, 조금씩 현실의 색깔을 띠기 시작하여 결국에는 손을 쓰기만 하면 반드시 성취되는, 극히 당연한 일로 생각되기 시작했던 것입니다.

"어처구니없군. 아무리 나와 그 녀석이 닮았다고 해도 그런 이치에 안 맞는… 실제로 이치에 맞지 않는 일이다. 인류가 시작되고 나서 이런 어리석은 생각을 시작한 사람이 한 사람이라도 있을까? 자주 탐정소설 등에서 쌍둥이 중의 한 쪽이 다른 쪽으로 둔갑해서 일인이역을 맡는다는 이야기를 읽은 적이 있지만 그것조차도 실제 현실 세계에서는 거의 있을 법하지 않은 이야기일 것이다. 하물며 지금 내가 생각하고 있는 흉계 등이 바로 광기의 망상이 아닐까? 말도 안 되는 것은 생각하지 말고 너는 네 분수에 맞게 한 평생 실현할 수도 없는 유토피아를 꿈이라도 꾸는 것이 좋다."

몇 번이고 그런 식으로 생각하다가는 너무 무서운 망상을 떨쳐버리려는 시도를 하기는 했지만 그 후 곧바로,

"하지만 생각해 보면 이만큼 간단하고, 게다가 조금의 위험도 수반하지 않는 계획이라는 것은 거의 없다. 가령 아무리 성가시고 위험을 무릅쓰더라도 그렇게 네가 열망해 왔던, 오랜 세월 동안 오직 그것만을 계속 꿈꾸어 왔던, 네 이

상향의 자금을 보기 좋게 손에 넣을 수 있지 않을까? 그때의 즐거움과 기쁨은 뭐 어떤 모습일까? 어차피 지긋지긋한 이 세상이다. 어차피 시원치 않는 인생이다. 설사 그로 인해 목숨을 잃어봤자, 무슨 아쉬움이 있을까? 그런데 실제로는 목숨을 잃기는커녕 사람 하나 죽이는 것도 아니고 세상을 해치는 악행을 저지르는 것도 아니다. 그냥 바로 나라는 존재를 깔끔하게 말살하고 고모다 겐자부로의 대역을 맡기만 하면 되는 것이다. 그리고 무엇을 하는가 하면, 예로부터 누구도 시도한 적이 없는 자연의 개조, 풍경의 창작, 즉 대단한 하나의 예술품을 만들어내는 것이 아닌가! 낙원을, 지상의 천국을 창조하는 것이 아닌가! 나에게 무언가 뒤가 켕기는 점이 있느냐 말이다. 게다가 또 고모다의 유족이라 해봤자, 한 번 죽었다고 생각한 주인이 살아와 준다면 기쁠지언정 원한으로 생각하지는 않을 것이다. 너는 그것을 마치 큰 악행처럼 꼭 믿겠지만, 봐라. 이렇게 하나하나 결과를 음미해 가면 악행이기는커녕 오히려 선한 일이 되는 게 아닐까?"

그렇게 이치를 따져 생각해 보니, 과연 조리(条理)가 정연해서 실행하는 데에 전혀 파탄도 없거니와 양심의 가책을 느끼는 점이 거의 없다고 해도 무방한 것이었습니다.

이 계획을 실행함에 있어서 가장 계제가 좋았던 것은, 고모다 겐자부로 가족이라고 해도 부모는 오래 전에 돌아가시고 단 한 사람 그의 젊은 아내가 있을 뿐, 나머지는 고용인 몇 명이 전부였다는 것입니다. 다만 그에게는 여동생이 한 명 있었는데, 도쿄의 어느 귀족 집안에 시집가있고 고향에도 그런 대갓집이다 보니, 분명 많은 친척이 있겠지만, 이들이 죽은 겐자부로와 꼭 빼닮은 히토미 히로스케라는 남자가 있다는 것을 알고 있을 리가 없고 어떤 요행으로 소문 정도는 들어봤더라도 설마 이렇게 닮았으리라고는 상상하지 못할 것입니다. 더욱이 그 남자가 겐자부로의 대역이 되어 나타나리라고는 꿈에도 생각할 리가 없습니다. 게다가 그는 천성적으로 신기하게도 연극을 잘 하는 남자이기도 했습니다. 단 한 사람 두려운 사람은 세세한 데까지 겐자부로의 버릇을 알고 있는 본인의 아내인데, 이것도 조금 조심만 하면, 특히 부부의 대화 같은 것을 되도록 피하기만 한다면 아마 알아차리지 못할 것입니다. 게다가 한 번 죽은 사람이 되살아났으니까, 다소 용모나 성질이 변했다고 하더라도 이상한 일 때문에 그렇게 된 것이라고 생각하면 그다지 수상해할 일도 아닐 것입니다.

이렇게 그의 생각은 점점 미세한 점까지 들어가게 되었는데, 이러한 세세한 사정을 이리저리 맞춰감에 따라 그의 이 큰 계획은 한 발 한 발 현실성과 가능성이 커지는 것으로 보였습니다. 남은 것은, 이것이야 말로 그의 계획에서 최대 난관임에 틀림없지만, 어떻게 해서 그 자신의 신분을 말살시킬지, 또 어떻게 해서 고모다가 다시 살아난 것을 진짜인 것처럼 꾸밀 수 있을지, 그와 더불어 고모다의 사체는 어떻게 처분할 것인지와 같은 점이었습니다.

이런 큰 악행을 (그 자신이 어떻게 변호하든 간에) 꾸밀 정도의 그인지라, 천성적으로 소위 간지(奸智)[24]에도 뛰어났다는 것이겠지요. 그렇게 이리저리 집념 있게 한 가지 일을 계속 생각하고 있는 사이에 이들 중에서 가장 곤란한 점도 그럭저럭 해결할 수 있었습니다. 그리고 '이것으로 됐다'고 생각한 후, 그는 다시 한 번 미세한 부분까지 이미 생각한 것을 또 다시 생각하여 드디어 한 점의 틈새도 없다는 확신이 들었습니다. 그리고 마지막으로 그것을 실행할지의 여부를 결정해야 하는 큰 결심의 순간이 찾아왔습니다.

---

24) 간지(奸智) : 간사한 지혜.

5

 온몸의 피가 머리로 몰린 듯한 느낌이 들고, 이미 그렇게 되고 나니, 오히려 지금 생각하고 있는 계획이 얼마나 무시무시한 것인지도 잊어버린 채 거의 만 하루 동안 생각하고 또 생각하고, 다듬고 다듬은 끝에 결국 그는 그것을 실행하기로 결심했습니다. 나중에 상기해 보니, 당시의 기분은 마치 몽유병을 앓고 있는 것 같아서 막상 실행에 착수하고도 묘하게 공허한 느낌이 들었습니다. 그 정도의 큰 일이 왠지 모르게 느긋하게 관광 유람하러 떠나는 것 같은, 그러나 마음속 한 구석에는 지금 하고 있는 일이 사실은 꿈이고 꿈의 저편에는 이미 또 하나의 진짜의 세계가 기다리고 있다는 의식이 복잡하게 뒤얽혀 있는 이상한 기분이 계속 들었던 것입니다.
 앞에서 말한 바와 같이 그의 계획은 두 개의 중요 부분으로 나누어져 있었습니다. 첫 번째는 그 자신을, 즉 히토미 히로스케라는 인간을 이 세상에서 없애 버리는 것인데 그 일에 착수하기에 앞서 한 번 고모다 저택이 있는 T시에 급히 가서 과연 고모다가 매장되었는지 어떤지, 그 묘지에 감쪽같이 잠입할 수 있을지 어떨지, 고모다의 젊은 부인은 어떤 인물인지, 하인들의 성질은 어떠한지, 이러한 점을 일단 조사해 볼 필요가 있었습니다. 그 결과 만일 이 계획에 파탄을 초래할 위험이 보인다면 거기에서 비로소 실행을 단념해도 늦지는 않을 것입니다. 아직 되돌릴 수 있는 여지는 있었던 것입니다.

그러나 그가 이대로의 모습으로 T시에 나타나는 것은 물론 삼가야 합니다. 그의 모습이 히토미 히로스케라고 남들이 알아차리거나 혹은, 가령 고모다 겐자부로라고 잘못 알아보더라도 그의 계획으로서는 치명상을 입는 것이었습니다. 그래서 그는 그 특유의 변장을 하고 이 제1회 T市로의 여행을 떠나기로 했던 것입니다.

그 변장 방법이라는 것은 실로 소탈한 것으로 지금까지의 안경을 버리고 극히 대형 그러나 눈에 띄지 않는 형태의 색안경을 쓰고 한쪽 눈을 중심으로 눈썹에서 볼에 걸쳐 크게 접은 거즈를 대고 입에는 후쿠미와타[ふくみ綿(わた)][25)

를 넣고, 머리를 가운데 가리마로 나눕니다. 그러면 단지 이것만 했을 뿐인데, 그러나 그 효과는 실로 놀랄 만해서 출발하는 도중 전차 안에서 친구를 만나도 전혀 상대방이 알아차리지 못할 정도였습니다. 사람 얼굴 중에서 가장 눈에 띄는 것은, 가장 각자의 개성을 발휘하는 것은 양쪽 눈임에 틀림없습니다. 증거로는 손바닥으로 코에서 위를 가린 것과 코에서 아래를 가린 것은 전혀 효과가 다르기 때문입니다. 전자의 경우에는 어쩌면 사람을 잘못 알아볼 가능성도 있지만, 후자의 경우에는 금방 그 사람이라고 알아차린다는 것입니다. 그래서 그는 먼저 두 눈을 감추기 위해 색안경을 사용했습니다. 그런데 색안경이라는 것은 거의 완전히 눈의 표정을 감춰 주는 대신에 그것을 끼고 있는 사람에게 왠지 모르게 수상쩍은 느낌을 주기 마련입니다. 이 느낌을 없애기 위해서 그는 거즈를 한쪽 눈에 대고, 눈병 환자를 가장했습니다. 이렇게 하면, 동시에 또 눈썹이나 볼의 일부를 감출 수도 있어 일거양득이기도 합니다. 게다가 머리의 모양을 다양하게 바

---

25) 후쿠라미와타[ふくらみ綿(わた)] : 구강과 치열 사이에 넣은 솜. 배우가 볼을 불록하게 보이거나 장례식 때 시신의 얼굴 생김새를 가지런히 할 때 사용한다.

꾸고 복장의 변화를 생각한다면 거의 7할 정도는 변장의 목적을 달성할 수 있었습니다. 그렇게 그는 다시 신중에 신중을 기하여 후쿠미와타[ふくみ綿(わた)]로 볼에서 턱까지의 선을 바꾸고 수염을 붙여 입의 특징을 감추기로 했습니다. 거기에 걸음걸이까지도 바꿀 수 있었다면 9할 9푼 히토미 히로스케는 없어져 버리는 것입니다. 그는 변장에 관해서는 평소부터 하나의 소신을 가지고 있었는데, 가발이나 안료를 사용하는 것 등은 잔손이 많이 갈 뿐만 아니라, 오히려 남의 눈을 끌 결점이 있어 실용적으로 전혀 적합하지 않습니다. 하지만 이런 간단한 방법을 이용한다면, 일본인도 아주 변장을 못하는 것은 아니라는 것을 믿고 있었던 것입니다.

그는 그 이튿날 하숙집 회계를 보는 사람에게 '생각하는 바가 있어 한동안 하숙집을 떠나 여행길을 나선다', '행선지는 정해지지 않았다', '말하자면 방랑의 나그네길인데, 일단 먼저 이즈(伊豆) 반도 남쪽으로 뜻을 둘 생각이다'라는 말을 남기고, 작은 봇짐 하나를 들고 떠났습니다. 그리고 도중에서 필요한 물건을 사고, 사람 왕래가 없는 길가에서 지금 말한 변장을 마치고 곧장 도쿄 역으로 달려가서 봇짐은 임시로 맡겨두고, T시의 두세 군데 앞 역까지의 표를 사서 그는 사람이 붐비는 3등차 안으로 숨어 들어갔습니다.

T시에 도착한 그는 그러고 나서 일수로 이틀, 정확히 말하면 만 하루 동안, 그 특유의 방법에 의해 실로 기민하게 걸어 다니면서 탐문하여 결국 목적을 달성할 수 있었습니다. 상세한 것은 너무 장황하니 여기에서는 생략하기로 하겠습니다만, 아무튼 조사 결과는 그의 계획이 절대로 불가능하지 않다는 것을 증명해 주었습니다.

그리고 그가 다시 도쿄 역에 되돌아온 것은, 바로 그 신문기자의 이야기를 들은 날부터 사흘째 되는 날, 고모다 겐자부로의 장례식이 행해진 날부터 엿새째 되는 날 밤, 8시 무렵이었습니다. 그의 생각으로는 늦어도 겐자부로의 사후 열흘 이내에는 그를 소생시켜야 하기에 남은 나흘 동안은 실로 분주히 움직여야 했습니다. 그는 먼저 임시로 맡겨둔 봇짐을 찾아서 역 화장실에 들어가 바로 그 변장을 떼어 내고는 원래의 히토미 히로스케로 돌아와서 그 길로 레이간지마(靈岸島)의 기선 출항지로 급히 달려갔습니다. 이즈(伊豆)를 왕래하는 배의 출발 시간은 오후 9시, 그 배를 타고 어떻게 해서든 이즈 반도의 남쪽으로 향하는 것이 그의 예정된 행동이었습니다.

서둘러 대합실에 도착하니, 배에서는 이미 '땡~땡~' 승선 안내 벨이 울려 퍼지고 있었습니다. 표는 2등석, 행선지는 시모다(下田)항, 봇짐을 메고 어두운 선창을 뛰어가 튼튼한 디딤널을 건너 해치에 들어가려고 할 때 '부웅~' 하고 출발을 알리는 뱃고동 소리가 들렸습니다.

6

 그의 목적으로서는 다행히도, 다다미 열 장을 깐 정도 크기의 선미 이등실에 먼저 온 손님이 단 두 명 있을 뿐이고, 게다가 그 두 사람 모두 세루(serge)26)로 만든 기모노에 세루 하오리(羽織)27)라는 차림의 촌스러운 분위기에 얼굴 표정도 억세고 햇볕에 그을린 얼굴이었는데, 그 대신 머리 회전은 아주 둔감하게 보이는 중년의 남자들이었습니다.
 히토미 히로스케는 조용히 선실로 들어가 미리 온 손님들로부터 멀찍이 떨어진 귀퉁이 쪽에 자리를 잡고, 한숨 자려는 듯 비치된 모포 위에 누웠습니다. 그러나 물론 진짜로 자려는 의도는 없이 등을 돌린 채 가만히 두 남자의 모습을 엿보고 있었습니다. 우르르쾅 우르르쾅 하고 신경을 거스르

---

26) 세루(serge) : 모직물의 한 가지로 양털을 원료로 한 방모사(紡毛絲) 또는 소모사(梳毛絲)로 짠 견모(絹毛) 교직물을 가리킨다.
27) 하오리(羽織) : 일본옷의 위에 입는 짧은 겉옷.

는 기관 소리가 전신에 전해집니다. 쇠 격자로 두른 탁한 전등 빛이 누워 있는 그의 그림자를 기다랗게 모포 위에 비추고 있습니다. 뒤에서는 남자들이 서로 아는 사람인 듯 여전히 앉은 채로 소곤소곤 이야기를 나누는 그 소리가 기관 소리와 뒤섞여서 묘하게 졸리게 하는, 어쩐지 나른한 리듬을 만들어 갑니다. 더욱이 바다는 조용하고, 파돗소리는 잔잔하여 배의 흔들림이 거의 느껴지지 않을 정도였습니다. 그렇게 가만히 누워 있으니, 2, 3일 동안의 흥분이 서서히 가라앉았는데, 그 공허 속으로 이루 말할 수 없는 불안한 생각이 자욱히 솟아오르고 있었습니다.

"지금이라면 아직 늦지 않았어. 빨리 단념하라고! 되돌릴 수 있을 때 빨리 단념해. 너는 고지식하게 너의 미친 사람 같은 망상을 실행하려는 거야? 진짜 농담이 아닌 거야? 도대체 네 정신 상태는 정말 괜찮은 거야? 혹시 어딘가 고장이라도 난 게 아냐?"

시간과 더불어 그의 불안은 커져만 갔습니다. 그러나 그는 이 커다란 매력을 어찌 떨쳐 버려야만 하는 걸까요? 불안해하는 마음에 반해 그의 또 하나의 마음이 설득하기 시작했습니다. '어디에 불안이 있는 거지?', '어디에 잘못이 있는 거야?', '지금까지 계획해온 일을 이제 와서 단념할 수 있을까?' 그리고 그의 머릿속에는 그가 의도한 계획 하나하나가 미세한 점에 이르러 계속 나타나는 것이었습니다. 게다가 그 어느 하나에도 조금의 실수도 없이 완벽했습니다.

문득 정신을 차리니 손님 두 사람의 이야기소리가 어느샌가 그치고 그 대신 장단이 다른 두 종류의 코고는 소리가 방 맞은편에서 울려 퍼지고 있었습니다. 몸을 뒤척여 살짝 눈을 뜨고 바라보니, 남자들은 건강한 듯 대자로 뻗은 채 편한 얼굴로 잠들어 있었습니다.

누군가 성급하게 그의 실행을 재촉하는 듯한 느낌이 들기 시작했습니다. 기회가 찾아왔다는 생각이 그의 잡념을 순식간에 날려 버리고 말았습니다. 그는 무엇인가의 명령을 받은 것처럼 약간의 주저함도 없이 머리맡의 봇짐을 열고는 그 속에서 천 자투리 하나를 꺼냈습니다. 그것은 이상한 모양으로 찢겨진 5, 6치 정도의 낡은 무명의 가스리(絣)[28]이었습니다. 그것을 꺼내고 나서 봇짐은 원래대로 뚜껑을 닫아 두고는 남의 눈에 띄지 않게 주위를 살피며 살며시 갑판으로 나왔습니다.

---

28) 가스리(絣) : 붓으로 살짝 스친 것 같은 잔무늬가 있는 천.

벌써 11시가 지났습니다. 저녁때에는 가끔 선실에도 얼굴을 내비치던 보이나 선원들도 각자 자기들 침실로 물러났는지, 그 부근에는 사람의 그림자도 하나 없습니다. 전방의 한층 높은 상갑판(上甲板)에는 필시 키잡이가 밤새 주의를 기울이고 있겠지만, 지금 히토미 히로스케가 서 있는 곳에서는 그것도 보이지 않습니다. 뱃전에 다가가니 물보라를 치며 넘실거르는 큰 파도와 선미에 띠를 두른 듯한 야광충(夜光虫)29)의 인광(燐光)30), 눈을 들면 눈썹을 내리누르며 다가오는 미우라 반도의 거대한 검은 그림자, 명멸하는 어촌의 등불, 그리고 하늘에는 먼지처럼 깨알처럼 빛나는 무수한 별들이 배가 나아감에 따라 천천히 회전하고 있습니다. 들리는 것은 둔중(鈍重)31)한 기관 소리와 뱃전에 부서지는 파돗소리뿐입니다.

이런 상태라면 그의 계획은 일단 발각될 염려는 없습니

---

29) 야광충(夜光虫) : 편모충류에 딸린 원생동물(原生動物)로 몸의 지름은 1mm 정도이고 무색이나 여럿이 모이면 연한 붉은색을 띤다. 해양성 플랑크톤.
30) 인광(燐光) : 빛의 자극을 계속해서 내는 빛. 황화 칼슘 등에서 볼 수 있다.
31) 둔중(鈍重) : 소리 등이 매우 무겁고 무딘 것.

다. 다행히 때는 봄의 끝자락, 바다는 잠든 것처럼 조용합니다. 항로에 따라 바다 위 저 멀리 보이는 육지가 서서히 배 쪽으로 다가옵니다. 남은 것은 이제 그 육지와 배가 가장 가까워지는 예정된 장소를 기다릴 뿐입니다. (그는 여러 차례 이 항로를 지나간 적이 있어 그것이 어디쯤인지 잘 알고 있었습니다.) 그리고 단 몇 정(町)[32] 거리의 바다 위를, 남의 눈에 안 띄도록 헤엄쳐 건너가기만 하면 됩니다.

그는 먼저 어둠 속의 뱃전을 찾아다니며 난간 외부에 못이 나와 있는 곳을 발견하고는, 그 못에 방금 전의 가스리(絣) 조각을 바람에 날아가지 않도록 단단히 걸어 늘어뜨려 놓았습니다. 그리고 범포(帆布)[33] 그림자에 숨어 맨몸에 달랑 한 장 걸치고 있던, 방금 전 메어 놓은 천조각과 같은 무늬의 낡은 겹옷을 벗고는 소맷자락 속의 지갑과 변장 도구를 떨어뜨리지 않도록 잘 감싼 후, 그것을 (어린이 또는 남자가 매는) 한 폭으로 된 허리띠로 단단하게 등에 연결시켰습니다.

"자, 이것으로 준비완료다. 잠깐 동안 차분히 냉정하게

---

32) 정(町) : 거리나 지적(地積) 단위의 하나. 1정은 60간(間 ; 약 1,818m).
33) 범포(帆布) : 돛에 쓰는 두꺼운 천.

생각하기만 하면 된다."

그는 범포 그림자에서 나와 다시 한 번 그 부근을 둘러보고 아무도 보는 사람이 없다는 것을 확인하고는, 거대한 도마뱀처럼 갑판 위를 뱃전을 향해 기어가 스르르 난간을 타고 넘어갔습니다. 소리가 나지 않도록 뭔가에 매달려 뛰어들 것, 스크루에 감기지 않도록 조심할 것, 이 두 가지 점은 그가 이미 몇 번이나 생각해 둔 것이었습니다. 그러기 위해서는 배가 수로를 지나갈 때 방향 전환을 위해 속도를 늦출 때가 절호의 기회입니다. 그리고 그때가 또한 육지와 가장 가깝기도 한 것이구요. 그래서 그는 뱃전에 있던 밧줄에 매달려 언제라도 뛰어들 수 있도록 준비하면서 그 방향 전환의 호기를 이제나저제나 하고 기다리고 있었습니다.

이상하게도 이 격정적인 상황에도 불구하고 그의 마음은 매우 냉정하게 가라앉아 있었습니다. 그렇다고 해도 움직이는 배에서 바다로 뛰어들어 건너편 해안가로 헤엄쳐 도착하는 것은 별반 죄악이라는 생각이 들지도 않았고, 게다가 거리도 짧고 헤엄에는 자신도 있던 터라 특별히 위험이 없다는 것은 알고 있었습니다. 그렇지만 그것이 역시 그의 큰 음모의 하나의 예비 행위라고 본다면 그의 기질로 봐서는 불안을 느끼지 않을 리가 없었습니다. 그럼에도 불구하고 이리도 냉정하고 대담하게, 침착한 행동을 할 수 있었던 것은 참으로 신기한 일이라 하지 않을 수 없습니다. 그는 훗날, 계획에 착수하고 난 후 하루하루 대담하고 뻔뻔스러워진 그 자신의 기분을 되돌아보며 그 격렬한 변화에 대단한 놀라움을 맛보게 되는데, 뱃전에 매달렸을 그때의 기분이 아마도 그 일의 시작이 되었는지도 모릅니다.

이윽고 배는 목적지에 가까워지고 드르륵 하는 조타기의 쇠사슬 소리를 내며 방향을 바꾸기 시작했고 동시에 속도도 느려졌습니다.

"지금이다!" 밧줄을 풀 때에는 그 대단한 강심장도 콩닥콩닥 뛰기 시작했습니다. 그는 손을 떼는 것과 동시에 온힘을 다해 뱃전을 차고 몸을 평평하게 만들어 되도록 먼 곳으로, 마치 물에 탄 듯한 모습으로 소리 나지 않게 미끌리듯 들어가는 방법을 선택했습니다.

'풍덩' 하는 물소리와 함께 덜컥 몸에 스며드는 차가움, 상하좌우에서 밀려오는 해수의 압력, 아무리 발버둥 쳐도 물의 표면에 떠오르지 않는 초조함. 그 속에서 그는 그러나 죽을힘을 다해 물을 헤치고 물을 차서 조금이라도 스크루에서 멀어져야 한다는 것을 잊지 않았습니다.

 어떻게 그 뱃전의 소용돌이를 끝까지 헤엄칠 수 있었는지, 그리고 설령 평온한 바다였다고 해도 저릴 듯 찬 물속의 수 정(町)의 거리를 어떻게 참고 견딜 수 있었는지, 훗날 돌이켜 보면, 자신이 한 일임에도 불구하고 그 불가사의한 힘을 도저히 이해할 수 없었습니다.
 이렇게 다행스럽게도 계획의 첫 번째 시작을 보기 좋게 완수한 그는 몹시 피로한 몸을 어디인지도 모르는 어촌의 어두운 해변에 내던지고 거기에서 날이 새기만을 기다렸습니다. 아직 채 마르지 않은 옷을 입고 변장을 한 채, 마을 사람들이 일어나서 나오기 전에, 그들에게 요코스카(橫須賀)라고 여겨질 수 있는 방향을 향해 걸어가기 시작했습니다.

7

 어젯밤까지 히토미 히로스케였던 남자가 그러고 나서 하루를 환승역인 오후나(大船)의 싸구려 여인숙에서 지내고, 그 이튿날 오후 밤이 되기를 기다려 T시에 도착하는 기차를 골라 여전히 변장한 채로 3등석 차량의 손님이 되었습니다. 여러분께서는 이미 알아차리셨겠지만 그가 이렇게 귀중한 하루를 딱히 하는 일도 없이 지낸 것은, 그가 자살한다는 연극이 제대로 목적을 이루었는지 여부가 궁금하고, 또 그 기사가 실리는 신문이 나오기를 기다렸기 때문입니다. 그리고 그가 유유히 T시에 진입한 이상 그 신문기사의 내용이 그가 원하던 대로 그의 자살을 보고했다는 사실은 굳이 말할 필요도 없습니다.

 '소설가의 자살'이라는 제목으로 (그도 죽은 덕분에 남들이 소설가라고 불러 주는 기회를 얻었습니다) 작게 나왔지만 어느 신문이라 할 것 없이 그의 자살 기사가 실려 있었습니다. 비교적 상세히 보도한 신문에는 그가 남긴 봇짐 속에 한권의 잡기장(雑記帳)34)이 있었는데, 거기에는 히토미 히로스케라는 서명도 있었고, 세상을 비관하는 사세(辞世)35)의 문구가 쓰여 있던 것과, 아마도 뛰어들었을 때 걸려 남아 있던, 뱃전의 못에 그의 옷이라 생각되는 가스리의 천조각이 걸려있던 것으로 죽은 사람의 신변이나 자살 동기와 이유가 분명히 적혀 있었습니다. 즉, 그의 계획은 감쪽같이 대성공을 거둔 것입니다.

다행스럽게도 그에게는 이 자살극으로 울어줄 만한 친척도 없었습니다. 물론 그의 고향에는 형네 집도 있고 (재학 당시 그는 형으로부터 학비를 받고 있었는데 요즘은 형 쪽에서 그와의 관계를 끊고 돌보지 않은 형국이었습니다.) 두세 명의 친척도 있어 이들이 그의 뜻하지 않은 죽음을 들어서 알았다면 다소는 애석하게 생각하고 한탄해 줄만도 하겠지만, 그 정도의 지장은 원래부터 각오한 일인지라 그로서는 별반 마음이 괴로울 정도의 일도 아니었습니다.

그것보다도 그는 자기 자신의 존재를 지워버린 이후의,

---

34) 잡기장(雑記帳) : 여러 가지 잡다한 것을 적는 공책.
35) 사세(辞世) : 죽을 때 남겨 놓는 시가 등의 문구.

뭐라 형용할 수 없는 이상야릇한 느낌에 사로잡혀 있었습니다. 그는 이제 국가의 호적에도 자리가 없고 이 넓은 세상에 단 한 사람의 친척도 없거니와 친구도 없이, 게다가 이름조차 없는, 한 사람의 스트레인저(이방인)이었던 것입니다. 그렇게 되니 내 좌우 전후에 앉아 있는 승객들도, 창을 통해 보이는 도로변의 경치도, 한 그루의 나무와 한 채의 집도 마치 지금까지와는 다른 별세계의 모습으로 느껴졌습니다. 그것은 한편으로는 몹시 상쾌하고 막 태어났다는 기분이 들었지만, 또 다른 한편으로는 이 세상에 달랑 혼자라는, 게다가 그 혈혈단신의 외톨이 남자가 이제부터 분에 넘치는 큰 사업을 완수해야 한다는 것에 대한 형용할 수 없는 외로움으로 끝내는 눈물이 글썽이게 되는 것을 막을 수가 없었습니다.

기차는 그러나 그의 감회 같은 것에는 관계없이 역에서 역으로 계속 달려 마침내 밤이 되어 목적지인 T시에 도착했습니다. 이전의 히토미 히로스케는 역을 나와서는 그 길로 곧장 고모다 집안의 보리사(菩提寺)36)를 향해 서둘러 걸어갔습니다. 다행히 절은 시외의 들판 한가운데에 세워져

---

36) 보리사(菩提寺) : 한집안에서 대대로 장례를 지내고 조상의 위패를 모시고 명복을 빌고 천도와 축원을 하는 개인 소유의 절을 가리킨다.

있어서 이미 9시 지나서는 사람 왕래도 없고, 절에 있는 사람만 조심한다면 상대가 그가 하는 일을 알아차릴 걱정은 없습니다. 게다가 부근에는 옛날 그대로 문 등을 열어 놓은 채로 지내는 농사꾼들의 집들이 여기저기 흩어져 있어, 그곳의 헛간에서 괭이를 훔쳐내는 편리함도 있습니다.

논두렁길을 따라 듬성듬성한 산울타리를 몰래 넘어가면 거기에 바로 문제의 묘지가 있었습니다. 깜깜한 밤이었지만, 그 대신에 별이 반짝반짝 빛나고 있고 전에 한 번 와서 어림을 잡아 둔 지라 고모다 겐자부로의 새 무덤을 찾아내는 것은 손쉬운 일이었습니다. 그는 거기에서 석탑 속을 지나 본당에 다가가서 닫혀있는 빈지문(덧문)의 틈을 통해 안을 엿보았는데, 호젓해서 소리도 없고 외진 곳인 데다 아침 일찍 생활을 시작하는 절 사람들은 이미 잠들어 있는 것 같았습니다.

이 정도면 괜찮겠다는 확신이 들어 그는 원래의 논두렁길로 되돌아가서 부근의 농사꾼 집을 찾아다니며 손쉽게 괭이 하나를 손에 넣고는 겐자부로의 묘지로 돌아왔습니다. 그것이 모두 고양이처럼 발소리를 죽이고 어둠 속에서 몸을 감추면서 하는 일인지라 상당히 시간이 지체되어 이미 11시에 가까운 시간이 되었습니다. 그의 계획으로서는 딱 적당한 시간이었던 것입니다.

그리고 그는 칠흑같이 어두운 묘지에 괭이를 휘둘러대며 세상이 놀랄만한 묘지 파내는 일을 시작했습니다. 새 무덤이라 다시 파내는 일은 문제가 되지 않았지만, 그 아래에 시체가 누워있다고 생각하니 아무리 며칠 동안 수 없는 경험을 쌓고 또 탐욕에 미친 그라고 해도 말할 수 없는 두려움으로 인해 전율을 느끼지 않을 수 없었습니다. 그렇지만 무엇을 생각할 여유는 없었습니다. 10번 정도 괭이를 내려쳤나 싶더니 이미 관 뚜껑이 보이기 시작했습니다.

지금 와서 새삼스레 주저하고 있을 때가 아닙니다. 그는 혼신의 용기를 짜내어, 그 어둠 속에서도 희읍스름하게 보이는 백목(白木) 판자 위의 흙을 치우고 판자와 판자 사이에 괭이 끝을 걸어, 한 번 부쩍 힘을 주자, 삐걱삐걱… 하고 뼛속까지 스며드는 소리를 내며 손쉽게 뚜껑이 열렸습니다. 그 순간 주위의 흙이 무너져서 줄줄 관 바닥으로 떨어지는 것조차 무언가 생명 있는 이의 소행처럼 느껴져서 그는 수명이 줄어들었다는 생각이 들 정도였습니다. 뚜껑을 열자마자 뭐라 표현할 수 없는 이상한 냄새가 그의 코를 찔렀습니다. 죽은 지 7, 8일이나 지났으니 겐자부로의 시신은 이미 썩기 시작했던 것입니다. 그는 이 시신을 보기도 전에 이미 먼저 이 고약한 냄새에 멈칫하지 않을 수 없었습니다.

　무덤이라는 것을 그다지 무서워하지 않았던 그는 그때까지 예상대로 아무렇지도 않게 일을 계속할 수 있었습니다. 하지만 막상 뚜껑을 연 후에 또 하나의 그리고 해도 좋을 만한 고모다의 사체와 얼굴을 마주할 때가 되자, 비로소 무언가 정체를 알 수 없는 그림자 같은 것이 영혼 속에서 지글지글 치밀어 오르는 느낌이 들어 '으악!' 하고 소리를 지르며 갑자기 도망치고 싶을 정도의 공포를 느꼈던 것입니다. 그것은 결코 유령의 무서움 따위가 아닌 더욱더 이상한, 어느 쪽인가 하면 현실적인, 그러나 그것만으로는 도저히 다 형용할 수 없는 것이었습니다. 예를 들어 꽤 넓은 어두운 방에서 혼자 촛불의 빛으로 자기 얼굴을 거울에 비칠 때의 느낌과 비슷한, 아니 그것의 몇 배 이상이나 되는 무시무시함이었습니다.

　침묵의 별이 총총한 하늘 아래에, 희미하게 많은 사람들이 서 있는 듯한 석탑, 그 한가운데에 짝 입을 벌리고 있는 새카만 구멍. 섬뜩한 지옥세계를 그린 두루마리와 닮은 그림 속에 그 자신이 있는 듯한 느낌입니다. 그리고 그 구멍 아래 언뜻 봐서는 식별할 수 없는 어둠 속에 누워있는 죽은 사람이 다름 아닌 그 자신이었습니다. 이 죽은 사람의 얼굴을 식별할 수 없는 점이 한층 더 그를 두렵게 만들었습니다. 구멍 아래에 어렴풋이 흰 수의가 보이고 거기에서 나와 있는 죽은 사람의 목은 어둠에 용해되어 있어 그것이 얼마나 무서운 것인가를 상상할 수 있었습니다. 어쩌면 우연히 그가 예견한 계획대로 고모다가 아직 죽지 않았고 그가 무덤을 파헤치는 바람에 다시 살아나고 있는 것인지도 모릅니다. 그런 어처구니없는 망상까지 떠올리게 되는 것입니다.

그는 전신에서 치밀어 오르는 전율을 지그시 꽉 누르면서 이미 거의 얼빠진 마음으로 구멍 가장자리에 배를 깔고 기어들어 가서 그 바닥 쪽으로 양손을 뻗어 과감히 사자의 몸을 더듬어봤습니다. 제일 먼저 만져진 것은 머리카락을 민 두부(頭部)인듯 전체적으로 까칠까칠하고 촘촘한 털이 느껴졌습니다. 피부를 눌러 보니 이상하게 물컹물컹해서 조금 세게 누르면 쑥 피부의 까풀이 찢어져 버릴 것 같습니다. 그 섬뜩한 기분에 덜컥 손을 떼고 잠시 가슴의 고동소리를 가라앉히고 나서 다시 손을 뻗었는데, 이번에 만져진 것은 사자의 입 주변인 듯 단단한 치열이 느껴졌습니다. 이와 이 사이에 맞물려 있는 것은 아마 솜이겠지요. 부드럽기는 해도 썩기 시작한 피부의 그것과는 느낌이 달랐습니다. 그는 조금 대담해져서 계속해서 입 언저리를 이리저리 더듬었는데, 묘하게도 고모다의 입은 생전의 그것의 10배나 되는 크기로 벌어져 있는 것을 알 수 있었습니다. 좌우에는 마치 반야면(般若面)[37]같이 어금니가 전부 드러날 정도로 갈라져 있었고 위아래가 잇몸이 느껴질 정도도 열려 있었습니다. 이것은 절대로 어둠 때문에 생긴 착각이 아닙니다.

그것이 다시 그를 마음속으로부터 부들부들 떨게 만들었습니다. 특별히 사자가 그의 손을 물지도 모른다는 그런 두려움이 아닙니다. 사자의 폐가 운동을 정지하고 나서도 입만으로 호흡을 하고자 그 부근의 근육이 극도로 수축되어 입술을 밀어 올려 만들어진 것입니다. 살아 있는 사람은 도저히 불가능할 정도로 커다란 입이 되어버린, 그 단말마의 정말 끔찍한 정경이 그의 눈앞에 아른거렸던 것입니다.

이전의 히토미 히로스케라면 이 정도의 경험만으로도 이

---

[37] 반야면(般若面) : 일본의 전통극인 노(能)에서 쓰는 탈로 질투와 한으로 가득 찬 여자의 얼굴 모양을 하고 있다.

미 기진맥진했을 것입니다. 게다가 이런 물컹하게 썩은 사체를 구멍에서 꺼내고, 아니 꺼내기만 하는 것이 아니라 그것을 처리하기 위해 다시 한층 더 무시무시한 큰일을 수행해야 한다고 생각하니 그는 자기의 계획이 무모하기 짝이 없다는 것을 새삼스럽게 통절히 느끼지 않을 수 없었습니다.

8

 이전의 히토미 히로스케가 가령 거만(巨万)의 재산에 눈이 멀었다고 하더라도, 그 수많은 걱정을 참고 견딜 수 있었던 것은 아마 그 역시 모든 범죄자와 마찬가지로 일종의 정신병자라고도 할 수 있는데, 뇌수의 어딘가에 고장이 생겨서 어느 특정한 경우나 일에 관해서는 신경이 마비되어 버리는 것임에 틀림없습니다. 범죄의 공포가 일정 수준을 넘으면 마치 귀에 귀마개를 했을 때처럼 모든 소리가 들리지 않게 되는데, 말하자면 양심이 벙어리가 되어버리는 것입니다. 그 대신 악에 관한 이지(理智, 이성과 지혜)가 시퍼렇게 날이 선 면도칼처럼 터무니없이 예리하게 되어 마치 인간이 행한 일이 아닌 정밀한 기계의 장치로 이루어진 것이라 여겨질만큼, 어떠한 미세한 점도 놓치지 않고, 물 같이 냉정하고 침착하게, 생각하는 대로 행하는 것이 가능했던 것입니다.

그가 지금 고모다 겐자부로의 막 썩기 시작한 사체를 만진 순간 그 공포가 절정에 이르자, 때마침 다시 이 둔감 상태가 그를 엄습했던 것입니다. 그는 이제 더 이상의 주저함도 없이 기계 인형과 같은 둔감함으로, 조금의 실수도 없는 정확함으로 계속해서 그의 계획을 실행해 나갔습니다.

그는 들어 올리고 또 들어 올려도 올려도 5개의 손가락 사이에서 줄줄 무너져 내리는 고모다의 시신을, 막과자를 파는 가게의 할머니가 물속에서 도코로텐[38]을 들어 올리는 것처럼 되도록 시신이 손상되지 않도록 주의하면서 가까스로 무덤 구멍 밖으로 끄집어냈습니다. 하지만 그 일을 마쳤을 때 시신의 박피(薄皮)가 마치 해파리로 만든 장갑처럼 그의 양 손바닥에 착 달라붙어서 흔들어 떨어뜨리고 또 떨어뜨려도 좀처럼 떨어지지 않았습니다. 평소의 히로스케라면 그 정도의 공포에 이미 모든 것을 내던지고 도망쳤을 것입니다. 그러나 그는 그다지 놀라는 기색도 없이 그다음 순서를 준비하고 있었습니다.

그가 그다음에 해야 할 일은 고모다의 시신을 말살시켜

---

38) 도코로텐 : 우뭇가사리와 강리(江籬) 등의 홍조류를 끓여 만든 한천을 식혀 굳힌 식품. 우무. 우무묵. 한천(寒天).

버리는 일이었습니다. 히로스케 자신을 이 세상으로부터 감쪽같이 없애 버리는 것은 비교적 용이했지만, 한 사람의 시신을 절대로 남의 눈에 띄지 않도록 처리하는 것은 대단히 어려운 일임에 틀림없습니다. 물에 가라앉힌들, 땅에 묻은들 어떠어떠한 연유로 떠오르거나 파헤쳐지지 않는다는 보장도 없습니다. 만일 겐자부로의 뼈 하나라도 남의 눈에 띄게 되면 모든 계획이 다 수포로 돌아갈 뿐만 아니라 그는 무시무시한 죄명을 뒤집어써야 합니다. 따라서 이 점에 관해서 그는 첫날밤부터 가장 골머리를 썩이며 이리저리 깊게 생각해냈던 것입니다.

그리고 결국 그가 생각해낸 묘책은, 어려운 문제의 열쇠는 항상 가장 가까운 곳에 있는 법입니다만, 고모다의 옆에 있는 무덤에, 거기에는 아마 고모다 집안의 선조의 뼈가 잠들어 있겠지만, 그것을 발굴해서 거기에 고모다의 시신을 같이 넣어 두는 것이었습니다. 그렇게 해 두면 아마 영원히 선조의 묘를 파헤치는 불효자는 나오지 않을 테니까요. 또한 가령 묘지 이전(移轉)과 같은 일이 생겨도 그때에는 히로스케가 그의 꿈을 실현시켜 더할 나위 없는 만족 속에서 세상을 떠났을 테니까요. 그렇지 않아도 뿔뿔이 흩어진 뼈가 하나의 묘에서 두 사람분이 나왔다고 한들 아무도 모르는 몇 세대나 이전에 매장한 사자에 관한 일입니다. 그것과 히로스케의 못된 계략을 어떻게 관련지을 수 있겠습니까? 그렇게 그는 믿었던 것입니다.

옆에 있는 묘를 파내는 것은 땅이 딱딱해져서 다소 애를 먹었지만, 땀투성이가 되어가며 부지런히 일하는 사이에 간신히 뼈 같은 것을 파서 찾아낼 수 있었습니다. 관 같은 것은 물론 흔적도 없이 썩어버렸고 그저 뿔뿔이 흩어져 작고 단단해진 백골이 별빛에 어렴풋이 하얗게 보일 뿐입니다. 그렇게 되니 더 이상의 고약한 냄새도 없어지고 생물의 뼈라는 느낌마저 완전히 사라져서, 무언가 청정하고 하얀 광물과 같다는 생각이 들었습니다.

파헤쳐진 두 개의 무덤과 한 인간의 부패한 묘와 부육(腐肉, 썩은 고기)을 앞에 두고 어둠 속에서 그는 잠시 동안 움직임을 멈추고 있었습니다. 정신을 통일하고 더욱 더 머리의 움직임을 치밀하게 하기 위해서입니다. '깜빡해서는 안 된다.', '어떤 사소한 소루(疎漏)도 있어서는 안 된다.' 그는 머리가 불덩어리처럼 되어 어둠 속의 어슴푸레한 실체를 이리저리 둘러보았습니다.

잠시 후 그는 조금의 감동도 없이 겐자부로의 시신에서 흰 수의를 벗겨 내고 양손의 손가락에서 3개의 반지를 잡아당겨 떼어내었습니다. 그리고 수의로 반지를 작게 감싸고 호주머니 속에 억지로 밀어 넣고는 발밑에 나뒹굴어 있는 전라의 육체를 자못 귀찮은 듯 손과 발을 써서 새로 판 무덤 구멍 안으로 떨어뜨렸습니다. 그리고 몸을 엎드려 손바닥으로 구석구석까지 그 부근의 땅에 손을 대고 네 발로 걸어 다니며 더듬어보았습니다. 그리고 어떤 작은 증거품도 떨어져 있지 않은 것을 확인하고는 괭이를 들어 무덤 구멍을 원래대로 메우고 묘비를 세우고 새로운 흙 위에는 미리 치워 둔 풀이랑 이끼를 빈틈없이 채워 넣었습니다.

"이걸로 됐다! 안됐지만 고모다 겐자부로는 내 대역이 되어 영원히 이 세상에서 사라져 버렸다구. 그리고 여기에 있는 나는 이제야 비로소 진짜 고모다 겐자부로로 완전히 변신한 거란 말이지. 히토미 히로스케는 더 이상 어디를 찾아 봐도 없을 거라구."

이전의 히토미 히로스케는 의기양양하게 별이 총총한 하늘을 올려다보았습니다. 그에게는 그 어둠의 창공과 은색의 가루가 깨알처럼 빛나는 무수한 별들이 장난감처럼 귀엽게 느껴졌고, 마치 무언가 작은 소리로 그의 앞길을 축복하고 있는 듯이 여겨졌던 것입니다.

하나의 무덤이 파헤쳐지고 그 안의 시신이 없어졌다, 사람들은 이 사실만으로 전도(顚倒)[39]되고도 남을 만큼 충분할 충격을 받겠지요. 게다가 그 바로 옆에 있는 또 하나의 무덤이 파헤쳐져 있는 등 그렇게 손쉽게 대담한 트릭을 쥐락펴락 주무른 사람이 있으리라 누가 어찌 상상하겠습니까? 게다가 사람들의 전도(顚倒) 속에 수의를 입은 고모다 겐자부로라는 인물이 곧 나타날 것입니다. 그러면 사람들의 관심은 순식간에 묘지를 떠나 그 자신이 불가사의하게 되살아난 사실에 집중될 것입니다. 그 후에 남은 것은 그의 연기가 얼마나 능숙하고 서투른가에 달려 있습니다. 그리고 그 연극에 관해서는 그에게 십이분(十二分)의 성산(成算)[40]이 서 있었던 것입니다.

이윽고 하늘은 조금씩 푸른 기를 더하며 깨알처럼 빛났던 무수한 별들은 서서히 그 빛이 바래어 희미해지고. 닭 울음소리가 여기저기에서 들리기 시작했습니다. 그는 희미해

---

39) 전도(顚倒) : 엎어져 쓰러지는 것.
40) 성산(成算) : 일이 이루어질 가능성.

진 별빛 속에서 가능한 한 신속하게 고모다의 묘를 마치 죽은 사람이 다시 살아나 그 속에서 관을 부수고 기어 나온 것처럼 꾸며놓았습니다. 그리고는 발자국이 남지 않도록 주의하며 원래 들어왔던 산울타리의 틈새를 통해 논두렁 밖으로 빠져나와 괭이를 처리하고 변장한 모습으로 마을 쪽을 향해 서둘러 걸어갔습니다.

9

 그리고 한 시간 지나자, 그는 묘지에서 소생한 남자가 비실비실 집으로 가는 길을 더듬어가다가 3분의 1도 걷지 못하고 숨이 차서 길가에 쓰러져 있는 모습으로 가장하고자 어느 우거진 숲의 한 곁에서 흙투성이의 수의를 입은 채 누워있었습니다. 마침 하룻밤 동안 먹지도 마시지도 못하고 계속 일을 한 덕분에 얼굴에도 적당하게 초췌한 모습이 나타나서 그의 연극을 한층 그럴싸하게 만들었던 것입니다.

 당초의 계획으로는 시신을 처리하면 곧바로 수의로 갈아입고 절의 주지가 있는 곳에 도착하여 '쾅쾅' 그 덧문을 두드릴 예정이었지만, 시신을 보니 그 지방의 습관인 듯, 케케묵은 삭발 의식에 의해 머리나 수염이 깨끗이 잘려져 있었던지라 그 또한 같은 모습으로 머리와 수염을 깎아 둘 필요가 있었던 것입니다. 그래서 그는 마을 변두리에 있는 시골풍의 가게 중에서 철물전을 찾아내어 면도칼 하나를 구입한 후 숲속에 숨어들어 직접 머리카락과 수염을 깎는 고생을 해야만 했습니다. 그것은 바로 그 교묘한 변장을 풀기 전인지라 이발소에 들어간다 해도 전혀 의심받을 리는 없었지만, 이른 아침이라 이발소가 아직 가게를 열지 않았던 것과, 만일의 경우를 대비해야 한다는 생각에 면도칼을 구입하여 직접 머리와 수염을 깎기로 했던 것입니다.

그리고 머리를 완전히 박박 밀고 수의로 갈아입은 후 죽은 사람의 손에서 빼낸 반지를 끼었습니다. 그 후 벗은 옷 등을 숲속의 움푹 팬 구덩이에서 태워버리고 그 재를 처해 버렸을 때에는 이미 해가 중천이어서 숲 밖의 가도에는 드문드문이지만 끊임없이 사람들이 지나다니고 있었습니다. 이제 와서 다시 은신처를 나와 절에 돌아갈 수도 없고 해서, 어쩔 수 없이 쉽게 발견하지 못할 것 같은, 그러나 길가에서 그다지 멀지 않은 숲이 우거진 곳의 한 켠에 마치 기절한 것처럼 누워있을 수밖에 없었던 것입니다.

가도를 따라 작은 시내가 있고 그 시내에 나뭇가지를 적시는 듯한 모습으로 잎이 촘촘한 관목이 빽빽이 돋아나 있었고, 그 안쪽은 울창한 숲을 이루고 있어 큰 소나무와 삼나무 등이 드문드문 자라고 있었습니다. 그는 지나가는 사람들에게 보이지 않도록 주의하면서 그 관목 맞은편에 몸을 착 붙인 모습으로 숨죽이며 누워있었습니다. 그리고 관목 틈을 통해 가도를 지나다니는 농민들의 발만을 바라보았습니다. 그러는 동안 서서히 마음이 차분해지자 그에게 다시 엉뚱한 생각이 들기 시작하는 것이었습니다.

"이것으로 모든 것이 계획대로 진행된 셈이야! 남은 것은 누군가가 나를 발견해 주기만 하면 되는 거지. 그런데 고작 이런 일 때문에 바다를 헤엄치고 묘를 파고 머리를 박박 깎은 정도로 그 수천만 엔이나 되는 엄청난 재산이 과연 내 것이 되는 걸까? 이야기가 너무 잘 맞춰져 가는 건 아닌가? 어쩌면 내가 엄청난 익살꾼 역할을 하고 있는 건 아닐까? 세상 놈들은 사실 죄다 알고 있는데 일부러 장난삼아 모르는 체하고 있는 것은 아닐까?"

이렇게 해서 어떤 격정적인 경우라면 완전히 마비되어 버릴 보통 사람의 신경이 조금씩 되살아나기 시작했습니다. 그리고 그 불안은 이윽고 농민의 자식들이 미친 사람과 같은 그의 수의 차림을 발견하고 야단법석을 떨기에 이르자 한층 격렬해졌던 것입니다.

"어이, 이것 봐! 뭔가 누워 있어."

그들의 놀이터인 숲속에 들어가려고 하던 차에 네다섯 명의 일행 중의 한 명이 우연히 그의 하얀 모습을 발견하고는 깜짝 놀라 한발 물러나서 속삭이는 듯 밖의 아이들에게 말하는 것이었습니다.

"뭐야? 저거. 미친 사람인가?"

"죽은 사람이야, 죽은 사람이라니까."

"옆으로 가 보자!"

"그래! 가 보자!"

이나카지마(田舍縞)41)의 줄무늬의 색과 색의 경계도 구분이 안 될 정도로 더러워져서 검게 반들반들 윤이 난 허름한 옷을 입은, 열 살이 될까 말까 한 장난꾸러기들이 제각기 서로 소곤거리며 쭈뼛쭈뼛 그한테 가까이 다가왔습니다.

파란 콧물을 훌쩍훌쩍 거리는 시골뜨기 얼굴을 한 애송이들이 마치 뭔가 진기한 구경거리라도 있는 듯 들여다보았을 때, 그 정말 우스꽝스러운 광경을 상상하니 그는 한층 더 불안해지고 화가 치밀어 오르는 것이었습니다. "드디어 어릿광대가 되었군. 설마 첫 발견자가 농민들의 자식이리라고는 상상도 못한 일이군. 이렇게 실컷 이놈들의 장난감이 되

---

41) 이나카지마(田舍縞) : 손으로 짠 검소한 무늬 무명.

어 이상야릇한 망신을 당하는 것으로 끝나는 것인가?" 그는 거의 절망의 끝에 서 있는 듯한 느낌이 들었습니다.

하지만, 아무리 그렇더라도, 벌떡 일어나서 아이들을 야단칠 수도 없어서, 상대가 누구이든 간에 그는 역시 실신한 사람을 가장하고 있을 수밖에 없었습니다. 그리고 점점 대담해진 아이들이 결국에는 그의 몸을 만지기조차 하는 것도 가만히 참고 있어야 합니다. 너무나도 어처구니가 없어서 모든 것을 포기하고 느닷없이 일어나서 껄껄 웃음을 터뜨리고 싶은 생각이 들기도 들었습니다.

"이봐! 아버지한테 말하고 와!"

그러는 사이에 아이 한 명이 숨을 헐떡이며 소곤거렸습니다. 그러자 다른 아이들도,

"그렇게 하자, 그렇게 해."

라고 중얼거리며 분주하게 어딘가로 달려가기 시작했습니다. 그들은 제각기 자기 부모들에게 길가에 쓰러져 있는 이상한 사람에 관해 보고하러 간 것입니다.

얼마 지나지 않아 가도 쪽에서 왁자지껄 사람 소리가 들려왔고 농민 몇 사람이 달려와서는 저마다 제멋대로 아우성치며 그를 안아 올리고 여기저기 살피기 시작했습니다. 소

문을 듣고는 점점 사람들이 모여들었고 그 주위를 새까맣게 둘러싸는 등 소동이 점점 커져만 갑니다.

"앗! 고모다집 주인어른이 아닌가?"

이윽고 그 중에 겐자부로의 얼굴을 알고 있는 사람이 있었던 듯, 큰소리로 외치는 소리가 들렸습니다.

"그래, 맞아."

두세 명의 소리가 그것에 반응했습니다. 그러자 많은 사람 중에는 이미 고모다 집안 묘지의 변사사건을 알고 있는 사람도 있었고, "고모다 주인어른이 무덤에서 살아났다!"라는 떠들썩한 소리가 그 일대의 기적으로서 시골 사람들의 입에서 입으로 전해졌습니다.

고모다 집안이라고 하면 T시 부근에서는, 아니 M현(県) 전체에 걸쳐서 그 고장의 자랑거리가 될 만큼 현 내의 제일가는 큰 자산가입니다. 그 당주(当主)가 일단 땅에 묻힌 후 열흘이나 지나고 나서 관을 부수고 되살아나왔다고 한다면 그들로서는 놀라자빠지지 않을 수 없는 일대 사건임에 틀림없습니다. T시의 고모다 집안에 긴급 소식을 알리는 사람, 절에 달려가는 사람, 의사에게 달려가는 사람, 들일이고도 뭐고 죄다 팽개치는 등 마을 사람 대부분이 총출동하는 소동인 것입니다.

이전의 히토미 히로스케는 가까스로 그가 한 일의 반응을 볼 수 있었습니다. 이 상태라면 그의 계획은 반드시 꿈으로 끝나지는 않을 것 같습니다. 그리고 마침내 그가 가장 자신 있어 하는 연극을 완수할 기회가 온 것입니다. 그는 일단 여러 사람이 지켜보는 가운데 마치 방금 정신을 차린 것처럼 번쩍 눈을 크게 떠 보였습니다. 그리고 뭐가 어떻게 된 건지 까닭을 모르는 표정으로 멍하니 사람들의 얼굴을 둘러보았습니다.

"아, 깨어나셨다. 주인어른, 정신이 들으셨습니까?"

그것을 보자 그를 안고 있던 남자가 그의 귀 쪽에 입을 대고 크게 소리쳤습니다. 그와 동시에 무수히 많은 얼굴의 벽이 우르르 그 위에 넘어질 듯 다가와 농민들의 악취 나는 입김이 '콱' 코를 찌르는 것이었습니다. 그리고 거기에 빛나고 있는 엄청난 눈 속에는 전부 다 목눌(木訥)[42] 한 성의가 넘쳐 흘러 조금이라도 그의 정체를 의심하는 사람은 없습니다.

그러나 히로스케는 상대가 누구든 간에 미리 준비해 둔 연극의 순서를 바꾸려 하지 않은 채, 그저 잠자코 사람들의

---

42) 목눌(木訥) : 고지식하고 말이 없는 모습.

얼굴을 바라다보는 몸짓 이외의 아무런 동작도, 한마디의 말도 하지 않는 것이었습니다. 그리고 모든 결과를 확인할 때까지는 의식이 몽롱한 상태를 가장하고 말을 하는 위험을 피하려고 했던 것입니다.

그리고 그가 고모다 집안의 안방으로 옮겨질 때까지의 경위는 너무 장황해져 생략하겠습니다만, 마을로부터 고모다 집안의 총지배인과 하인들, 의사 등을 태운 차가 달려오고, 보리사(菩提寺)에서는 스님과 절에서 일하는 사람이, 경찰에서는 서장을 비롯하여 두세 명의 경찰관이, 그 밖에 긴급 소식을 들은 고모다 집안과 연고가 있는 사람들이 마치 불 난 집에 위문을 오듯 끊임없이 이 변두리의 숲을 향해 모여드는 형국이었습니다. 부근 일대는 전쟁을 방불케 하는 소란으로, 이것만 보아도 고모다 집안의 명성, 세력의 위대함을 충분히 헤아릴 수 있었습니다.

그는 그 사람들의 도움을 받아 지금은 그 자신의 집인 고모다 저택으로 향하는 동안, 그리고 그 집 주인의 거실의, 그가 일찍이 본 적이 없는 멋진 침구 속에 누운 뒤에도, 처음 세운 계획을 굳게 지키며 벙어리처럼 입을 다문 채 끝끝내 한마디의 말도 하려 하지 않았습니다.

10

 그의 이 무언의 계행(戒行)[43]은 그 후 약 1주일 동안 집요하게 계속되었습니다. 그 동안 그는 잠자리 속에서 귀를 곤두세우고 눈을 번뜩이며 고모다 집안의 모든 관습, 사람들의 기풍, 저택 내의 공기를 이해하고 그것에 그 자신을 동화시키려고 노력했습니다. 외관상으로는 거의 의식을 잃은 반사반생(半死半生)[44]의 병자로서 몸도 움직이지 못하고 이불 속에 누워만 있었지만 그의 머리만은, 좀 묘한 예일 수도 있지만, 50마일의 속력으로 질주하는 차의 운전수처럼 기민하고 신속하게 게다가 정확하게 불꽃을 튀기며 회전하고 있었습니다.
 의사의 진단은 대체로 그의 예상대로의 것이었습니다.

---

43) 무언의 계행(戒行) : 무언을 지키며 행하는 수행. 무언계(無言戒). 또는 말을 하지 않고 잠자코 있는 것.
44) 반사반생(半死半生) : 거의 죽게 되어 죽을지 살지 모를 지경에 이르는 것. 반생반사(半生半死).

그는 고모다 집안에 출입하는 T시에서도 유수의 명의였는데, 그는 이 불가사의한 소생을 카탈렙시(catalepsy, 강경증)45)라는 애매한 술어로 해결하려고 했습니다. 그는 죽음을 단정(斷定)한다는 것이 얼마나 곤란한 것인지를 여러 가지 실례를 들어 설명하고 그가 내린 사망 진단이 결코 소홀하지 않았다는 것을 변명했습니다.

그는 안경 너머로 히로스케의 머리맡에 늘어선 친척들을 둘러보고 간질과 카탈렙시(강경증)의 관계, 그것과 가사(假死)와의 관계 등을 어려운 술어를 써가며 장황하게 설명했습니다. 친척들은 그것을 듣고 잘 몰랐지만 모르는 대로 흡족해했던 것 같습니다. 본인이 되살아났으니까 설사 그 설명이 불충분하더라도 별반 불평할 이유가 없었던 것입니다.

의사는 불안과 호기심이 뒤섞인 표정으로 신중하게 히로스케의 몸을 살펴보았습니다. 그리고 모든 것을 알았다는 듯한 얼굴이었지만 실은 감쪽같이 히로스케의 계략에 빠지고 만 것입니다. 이러한 경우 의사는 그 자신의 오진이라는 것 때문에 가슴이 미어지고 그 변명에만 정신이 팔려 환자의 몸

---

45) 카탈렙시(catalepsy, 강경증) : 몸이 갑자기 뻣뻣해지면서 순간적으로 감각이 없어지는 증상.

에 다소의 변화를 느낀다 할지라도 그것을 깊이 생각할 여유가 없는 것입니다. 또한 설령 그가 히로스케를 의심할 수는 있다 하더라도 그것이 겐자부로의 대역이리라는 등의 터무니없는 생각이 어찌 떠오를 수 있겠습니까? 한 번 죽은 사람이 소생할 정도의 커다란 사건이 일어났으니 '그 소생한 사람의 몸에 어떤 변화가 보였다고 해도 별반 수상하게 생각할 필요는 없다' 는 전문가의 진단이 있더라도 그런 식으로 생각하는 것은 결코 무리가 아닌 것입니다.

사인이 발작적 간질(의사는 그것을 카탈렙시(강경증)라고 명명했지만)이라 하니, 내장에는 이렇다 할 고장도 없고 쇠약이라고 해도 뻔할 뻔자니 식사 같은 것도 그저 영양에 주의하면 충분했던 것입니다. 따라서 히로스케의 꾀병은 정신의 몽롱함을 가장해서 입을 다물고 있는 것 이외에는 아무런 고통도 없이 매우 편한 것이었습니다. 그럼에도 불구하고 집안 사람들의 간병은 실로 더할 나위 없이 극진했고 의사는 매일 두 번씩 병문안하러 왔으며, 두 명의 간호부와 몸종은 머리맡에서 항시 대기중이었고, 쓰노다(角田)라는 총지배인인 노인과 친척들은 끊임없이 상황을 보러 옵니다. 이들 사람들이 모두 소리를 낮추고 발소리를 죽이며 자못 걱정스러운 듯 행동하는 것이 히로스케로서는 너무나도 어이없고 우스꽝스럽게 보였습니다. 그는 지금까지 그럴싸하다고 생각한 세상이라는 것이 마치 어리석은 아이들의 소꿉놀이와 유사하다는 것을 통감하지 않을 수 없었습니다. 자기만이 굉장히 위대하게 보였고 다른 고모다 집안의 사람들은 벌레처럼 작고 하찮은 것으로 생각되었습니다. "뭐야? 고작 이런 거야?" 그것은 오히려 실망에 가까운 느낌이었습니다. 그는 이 경험에 의해 영웅이라든가 큰 범죄자 등의 우쭐해진 기분을 상상할 수 있을 것만 같았습니다.

그러나 그 중에서도 단 한 사람, 다소 섬뜩하고 상대하기 어렵다고나 할까요? 왠지 모르게 그를 불안하게 만드는 인물이 있었습니다. 그것은 다름 아니라 그 자신의 아내 정확히 말하면 고(故) 고모다 겐자부로 미망인이었습니다. 이름은 치요코(千代子)라고 해서 아직 22살의, 말하자면 계집아이에 지나지 않지만 여러 가지 이유에서 그는 그 여자를 두려워하지 않을 수 없었던 것입니다.

고모다 부인이 아직 젊고 아름다운 사람이라는 것은, 이전에도 T시에 찾아온 적이 있어서 일단은 알고 있었지만, 그것이 매일 보고 있으니 속칭 '가까이서 보면 멀리서 보는 것보다 더 낫게 보인다.' 라는 그런 유형에 속하는 여자인 것 같아 점점 그 매력을 더해가는 것입니다. 당연히 그녀는 가장 열심인 간병인이었는데, 그 가려운 데에 손길이 미치는 간호하는 모습을 통해 고(故) 고모다 젠자부로와 그녀 사이가 얼마나 아기자기한 애정으로 맺어져 있었는지를 충분히 추측할 수 있었습니다. 그러니 만큼 히로스케로서는 조금 이상한 불안감을 느끼지 않을 수 없습니다. "이 여자에게 마음을 허락해서는 안 된다. 아마 내 사업에서의 최대의 적은 이 여자임에 틀림없다." 그는 어느 순간 이를 악물고 자기 자신을 훈계해야만 했던 것입니다.

히로스케는 젠자부로로서의 그녀와의 첫 대면의 광경을 그 후 오랫동안 잊을 수 없었습니다. 수의 차림의 그를 태운 차가 고모다 집안의 문 앞에 도착하자, 치요코(千代子)는 누군가가 말렸던 걸까요? 문에서 밖으로 빨리 나오지 않고 너무나도 뜻밖의 큰 사건에 오히려 전도되어 이가 덜덜 떨리고 가슴이 두근거리며 문 안의 긴 포석을 깐 길을 역시 파랗게 질린 몸종들과 함께 서성이며 돌아다녔는데, 차 위의 히로스케를 한번 보자 왠지 삽시간에 경악하는 표정을 보였던 것이에요(그는 그것을 보고 얼마나 간담이 서늘해졌을까요?). 그러고 나서 어린이 같이 울상을 짓고 차가 현관에 도착할 때까지 꼴사나운 모습으로 차 문에 기대어 땅에 질질 끌리듯이 달렸던 것입니다.

그리고 그의 몸이 현관에 내려지는 것을 차마 기다리지 못하고 그 위에 매달려 있었는데, 오랫동안 친척들이 보다 못해 그녀를 그의 몸에서 떼어놓을 때까지 몸을 움직이지 않고 울고 있었습니다. 그러는 동안 그는 멍한 표정을 연기하며 속눈썹을 한 개 한 개 셀 수 있을 정도로 눈앞에 다가온 그녀의 얼굴을, 그 속눈썹이 눈물에 부풀어 오르고 완전히 익지 않은 복숭아처럼 새파랗게 질린 하얀 솜털이 빛나는 볼 위를 눈물의 시내가 흐트러지듯 흘렀습니다. 그리고 엷은 분홍빛의 부드러운 입술이 웃는 듯 일그러지는 것을 가만히 보고 있어야만 했습니다. 그 뿐만이 아닙니다. 그녀의 노출된 두 개의 팔이 그의 어깨에 닿고 고동치는 가슴 언덕이 그의 가슴을 따뜻하게 하고 개성적인 은은한 향기까지도 그의 코를 간지럽게 하는 것이었습니다. 그때의 정말 야릇한 기분을 그는 영원히 잊을 수가 없었습니다.

11

 히로스케의 치요코에 대한, 이루 말할 수 없는 일종의 공포감은 날이 지남에 따라 깊어져갔습니다.
 그가 잠자리에 누운 채로 있던 일주일 동안에도 가공할 위기가 여러 차례 그를 엄습했습니다. 예를 들어 어느 날 한밤중에 일어난 일이었습니다. 히로스케가 고통스러운 악몽에 시달리다가 갑자기 눈을 뜨자, 악몽의 주인은 큰방 옆에 붙어 있는 작은방(협실)에서 자고 있던 사람이 언제 그의 방에 들어왔는지, 요염하게 보이는, 자고 난 뒤의 흐트러진 머리를 그의 가슴에 올리고 다소곳하게 흐느끼며 계속 울고 있는 것이었습니다.
 "치요코, 치요코, 아무 것도 그리 걱정할 필요는 없어. 나는 보다시피 몸도 마음도 건강한 지금까지와 똑같은 겐자부로란 말이야. 자~ 자. 울음을 그치고 여느 때와 같이 귀여운 얼굴을 보여 줘."

그는 무의식중에 그런 말을 입 밖에 낼 뻔했는데, 간신히 이를 악물고 모르는 체하며 자는척하고 있어야 했습니다. 이런 이상한 입장은 제 아무리 철두철미하게 준비한 히로스케에게도 일찍이 예기치 못한 바였습니다.

여하튼 간에 그는 예정된 미리 짜 둔 계획에 따라 4, 5일째 경부터 극히 교묘한 연극으로 조금씩 입을 열기 시작했는데, 격동 때문에 일시적으로 마비되었던 신경이 서서히 깨어나는 모습을 매우 자연스럽게 연기해 나갔습니다. 이 방법은 며칠 동안 잠자리 속에 있으면서 보거나 듣거나 한 것, 또는 거기에서 유추할 수 있는 것만을 간신히 생각해낸 것처럼 꾸몄습니다. 그 밖의 아직 파악하지 못한 많은 점들은 일부러 건드리지 않고 상대가 그것을 이야기하기 시작하면 얼굴을 찡그리며 도저히 생각나지 않는 듯한 모습을 보여주는 것입니다. 그는 이 연극을 자연스럽게 하기 위해 미리 며칠 동안 고통을 겪으며 입을 다물고 있었던 것인데, 그것이 딱 맞아떨어져서 가령 빤한 것을 통째로 잊어버린다거나 혹은 이야기가 엉뚱하게 빗나가게 되더라도 사람들은 전혀 의심하지 않고 오히려 그의 불운한 정신 상태를 불쌍히 여기는 형국이었습니다.

그는 그렇게 해서 가짜 바보 행세를 하면서 실수할 때마다 뭔가 확실히 배워가는 방법으로 눈 깜짝할 사이에 고모다 집안 안팎의 각종 관계를 파악할 수 있었습니다. 그리고 '이 정도라면 일단 안심'이라는 의사의 진단이 내려져 그가 고모다 집안에 들어온 지 정확히 보름 째 되는 날에 병이 완쾌되어 이부자리를 박차고 나오는, 정말 성대한 축하 잔치가 열리게 되었습니다. 그 주연 자리에서도 그는 거기에 모인 친척, 고모다 집안에 속하는 각종 사업의 중요 인물, 총지배인을 비롯한 주된 고용인 등과의 스스럼없는 잡담 속에서 상당량의 지식을 얻을 수가 있었습니다. 그렇게 그 축하 모임 후 이튿날부터 그는 드디어 그의 커다란 이상의 실현을 향해 그 첫걸음을 내딛을 결심을 했습니다.

"나도 뭐 그럭저럭 원래의 몸으로 돌아온 것 같다. 그러니 다소 생각하는 바가 있어 이번 기회에 내게 속하는 여러 사업과 내 논밭, 내 어장 등을 한 바퀴 돌아봤으면 한다. 그리고 내 희미한 기억을 확실하게 만들고, 그 후에 고모다 집안의 재정에 관해 좀 더 조직적인 계획을 세워보려고 한다. 아무쪼록 그 준비를 해 주시게나."

그는 이른 아침부터 총지배인인 쓰노다(角田)를 불러내서 이와 같은 의향을 전달했습니다. 그리고 그 날 쓰노다와 두세 명의 하인을 거느리고 현(縣) 내 일대에 산재하는 그의 영지로 길을 떠났습니다. 쓰노다 노인은 지금까지는 매사에 약간 소극적이었던 주인의 이런 적극적인 행동에 눈을 똥그랗게 뜨며 놀랐습니다. 그리고 지금은 일단 건강을 생각해야 한다며 충고했지만 히로스케가 한 번 큰 소리로 꾸짖자, 순식간에 움츠러들어 고분고분 주인의 명을 따를 수밖에 없었습니다.

그의 시찰 여행은 매우 서둘러 진행되었는데, 그래도 한 달 남짓이 걸렸습니다. 그 한 달 동안 그는 그의 소유로 되어 있는 끝을 모르는 전야(田野), 사람도 다니지 않는 울창한 숲, 광대한 어장, 제재공장, 가쓰오부시(鰹節)[46]공장, 각종 통조림 공장, 기타 거의 고모다 집안의 투자에 의한 사업을 순시하고 다시금 그 자신의 막대한 재산에 깜짝 놀라지 않을 수 없었습니다.

그가 이 여행에 의해 무엇을 관찰하고 무엇을 느꼈는지

---

[46] 가쓰오부시(鰹節) : 가다랑어의 살을 저며 김에 쪄서 충분히 건조시킨 다음 발효시켜 곰팡이를 피게 하는 방법으로 만드는 일본의 가공식품.

그 상세한 것은 일일이 여기에 기록할 여유가 없지만 여하튼 그의 소유 재산은 일찍이 쓰노다 노인이 보여 준 장부상 평가 금액 그대로, 아니 그 이상으로 충실하다는 것을 충분히 확인할 수 있었습니다.

그는 가는 곳마다 대단히 정중한 환대를 받으면서 이들 부동산이나 영리 사업을 어떻게 하면 가장 유리하게 처분하고 환금할 수 있을지, 그 처분 순서는 어느 것을 먼저 하고 어느 것을 나중으로 하면 가장 세상의 주목을 끌지 않고 끝낼 수 있을지, 그 공장의 지배인은 만만치 않게 보이고 그 산림의 관리인은 조금 저능아 같으니 그 공장보다는 이 산림을 먼저 팔아버리기로 하자든지, 또는 부근에 이 물건들이 팔려 나오는 것을 기다리고 있는 산림 경영자는 없을지 등에 관해 그는 여러 가지로 고심했습니다. 그것과 동시에 그는 길동무는 흉허물이 없어야 된다는 생각에 쓰노다 노인과 친해지는 것에 전력을 기울여서 마침내 재산 처분의 의논 상대로까지 그의 마음을 누그러뜨리는 데에 성공했습니다.

그렇게 여행을 계속하는 동안에 히로스케는 어느새 큰 노력도 없이 타고난 억만장자 고모다 겐자부로로 완전히 변모해 갔습니다. 그의 사업 관리인들은 말할 필요도 없이 그의 앞에서 머리를 조아리고 의심의 내색조차 보이지 않고, 각 지역의 연고가 있는 사람, 여관 등에서는 마치 영주를 맞이하는 듯 소란을 피우며 그의 얼굴을 똑바로 쳐다보는 등의 버릇없는 행동을 하는 사람은 한 사람도 없었습니다. 게다가 때로는 죽은 겐자부로의 단골집 기생이 "오랜만에 뵙네요." 라고 어깨를 두드리거나 하면 그는 이제 점점 대담해져서, 대담해지면 대담해질수록 그의 연기가 완벽한 조화를 이루어 지금은 혹시 정체가 간파되지는 않을까 하는 걱정 등은 거의 잊은 듯, 그가 일찍이 히토미 히로스케라는 가난한 서생이었던 것이 오히려 거짓말처럼 느껴지는 것이었습니다.

이 놀랄 만한 상황의 변화가 그를 더할 나위 없이 기쁘게 만든 것은 말할 필요도 없거니와 그 느낌은, 기쁘다거나 어처구니없다고 하기 보다는 왠지 모르게 가슴이 텅 빈 것 같이 구름을 타고 나는 듯한, 한편으로는 끝없는 초조함을 느끼면서도 다른 한편으로는 매우 차분한 듯한, 뭐라고 형용할 수 없는 기분이었습니다.

이렇게 그의 계획은 순조로이 진행되었는데 악마는 그가 예상하고 방비하던 쪽에는 나타나지 않고, 그 뒤의, 그 아무리 대단한 그도 거기까지는 생각지 못했던 쪽에 희미한 모습을 조금씩 나타내면서 바작바작 그의 마음속으로 들어오고 있었습니다.

12

 모든 환대 속에 기쁘고 만족스러운 여행을 계속했지만 히로스케는 틈만 있으면 두려움과 그리움이 뒤섞인 감정으로 저택에 남겨 둔 치요코의 모습을 떠올렸습니다. 그 눈물로 적셔진 솜털의 매력이 고통스레 그의 마음을 사로잡았고, 남모르게 느꼈던 그녀의 윗팔의 아련한 감촉이 매일 밤의 꿈이 되어 그의 영혼을 전율하게 만들었습니다.
 치요코가 겐자부로의 처라고 생각한다면 그녀를 사랑하는 것은 이미 겐자부로가 된 히로스케로서는 당연한 일이기도 하고 그녀 쪽에서도 물론 그것을 바라고 있겠지만, 그렇게 쉽게 이루어지는 소원인만큼 히로스케로서는 한층 괴롭고 고통스러워 이 밤이 지난 뒤에 얼마나 무서운 파탄이 일어난다 할지라도, 몸도 마음도 그의 평생의 꿈조차도 그녀 앞에 내팽개치고 차라리 죽어버릴까라는, 그런 무분별한 생각까지도 품게 되었습니다.

하지만 그의 당초의 계획에 따르면 설마 치요코의 매력이 이 정도로 고통스럽게 그의 마음을 집어삼키리라고는 상상도 하지 못했기 때문에 만일의 위험을 고려하여 치요코는 이름뿐인 처로 삼아 되도록이면 그의 신변에서 멀리 떼어 놓을 작정이었습니다. 그것은 그의 얼굴이나 모습, 목소리 등이 아무리 겐자부로와 빼 닮았다고 하더라도, 혹여 그것으로 겐자부로와 절친했던 사람들을 끝까지 속인다고 하더라도, 무대 의상을 벗고 분장을 풀은 침실에서 적나라한 그의 모습을 죽은 겐자부로의 처 앞에 드러내는 것은 아무리 생각해도 너무나도 무모한 일이었기 때문입니다. 치요코는 틀림없이 겐자부로의 아무리 작은 버릇이라도, 몸 구석구석의 특징까지도 손바닥을 보듯 다 꿰고 있을 것입니다. 따라서 히로스케 몸의 어느 구석에 조금이라도 겐자부로와 다른 부분이 있다면 금세 그의 가면이 벗겨지고 그것이 원인이 되어 결국에는 음모가 전부 폭로되지 않으리라고는 장담할 수 없기 때문입니다.

"너는 그 사람이 아무리 훌륭한 여자일지라도 단 한 사람의 치요코 때문에 네가 여러 해 전부터 품어온 큰 이상을 다 버릴 수 있겠느냐? 만일 그 이상을 실현할 수 있다면 거기에는 한 여성의 매력 등과는 비할 수 없을 만큼 강렬한 도취의 세계가 네가 오기를 기다리고 있지 않느냐? 한번 생각해 보는 게 좋을 걸? 그에 비해 한 사람 한 사람의 인간계의 사랑 같은 것은 너무나도 작은 하찮은 소망이 아니냐? 눈앞의 미혹에 사로잡혀 지금까지의 노고를 물거품으로 만들어서는 안 된다. 네 욕망은 더욱 더 커다란 것이 아니었더냐?"

그는 그렇게 현실과 꿈의 경계에 서서 꿈을 버리는 일은 물론 할 수 없겠지만, 그렇다고 해서 현실의 유혹은 너무 강력해서 이중 삼중의 딜레마(진퇴양난)에 빠져 남모르는 고민을 경험해야 했습니다.

그러나 결국에는 반생의 꿈의 매력과 범죄 발각이라는 공포가 치요코를 단념하게 만들었습니다. 그리고 그 슬픔을 달래기 위해 치요코의 왠지 쓸쓸해 보이고 슬퍼 보이는 얼굴을 그의 뇌리에서 지워 없애기 위해 그것이 원래의 목적이라도 된 것처럼 그는 오로지 그의 사업에 몰두했던 것입니다.

순시를 마치고 돌아와서, 그는 먼저 가장 눈에 띄지 않는 주식 종류를 몰래 처분하게 하고 그것으로 이상향 건설 준비에 착수했습니다. 새로 고용한 화가, 조각가, 건축 기사, 토목 기사, 조경 건축가 등이 매일 그의 저택에 몰려들어 그의 지시에 따라 실로 불가사의한 설계 일이 시작되었습니다. 그것과 동시에 한편으로는 방대한 수목, 화훼(花卉, 화초), 석재, 판유리, 시멘트, 철재, 등의 주문서를, 혹은 주문하는 심부름꾼을 멀리는 남양 쪽에까지 보내고, 엄청난 수의 미장이, 목수, 정원수 등을 속속 각지에서 불러들였습니다. 그 중에는 소수의 전기 직공이나 잠수부, 배를 만드는 목수 등도 섞여 있었습니다.

이상하게도 그 무렵부터 그의 저택에 몸종인지도 하녀인지도 알 수 없는 젊은 여자들이 날마다 새로 고용되어 얼마 후 그녀들의 방을 마련하기에도 곤란할 정도로 그 수가 늘어났습니다.

이상향 건설 장소는 여러 차례에 걸쳐 그 모습을 바꾸었는데 결국 S군(郡)의 남쪽 끝에 떨어져 있는 오키노시마(沖の島)로 결정되었고, 동시에 설계 사무소는 오키노시마 위에 급조된 바라크[프랑스어) baraque]47)로 옮겨졌습니다. 이윽고 주문한 여러 재료가 연이어 도착함에 따라 섬 위에

---

47) 바라크[프랑스어) baraque] : 가건물.

는 드디어 이상한 대공사가 시작되었던 것입니다.

 고모다 집안의 친척을 비롯하여 각종 사업의 주요 인물들은 이 무모한 계획을 보고 잠자코 있을 리가 없습니다. 사업이 진척됨에 따라 히로스케의 응접실은 설계 일에 관여하는 기술자들로 뒤범벅이 되었는데, 매일 같이 이들 사람들이 몰려들어 언성을 높이고 히로스케의 무모함을 책망하며 이 정체를 알 수 없는 토목 사업의 중지를 요구했습니다. 그러나 그것은 히로스케가 이 계획을 결심할 첫 단계에서 이미 예상했던 바입니다. 그는 이를 위해서 고모다 집안의 전 재산의 절반을 아낌없이 내놓을 각오를 했습니다. 친척이라고 해도 모두 고모다 집안보다는 손아랫사람뿐이라 재산 등에도 현격한 차이가 있었기 때문에 부득이한 경우에 거액의 재산을 아낌없이 나누어 줌으로써 수월하게 그들의 입을 막을 수 있었던 것입니다.

 그리고 여러 가지 의미에서 전투의 1년간이 지나갔습니다. 그 사이에 히로스케가 어떤 고생을 맛보았는지 몇 차례나 사업을 내던지려고 했다가는 간신히 단념했는지, 그와 아내인 치요코의 관계가 얼마나 가망 없는 상태에 빠졌는지, 이와 같은 점들에 관해서는 이야기의 속도를 높이기 위해 모두 독자 여러분의 상상에 맡기겠습니다. 이것을 요약하면, 모든 위기를 구해 준 것은 고모다 집안에 축적된 엄청난 재산의 힘이었는데, 금력 앞에는 불가능이란 글자가 없었다라는 것을 말씀드리는 것으로 대신하겠습니다.

13

 그러나 모든 난관을 극복하고 모든 사람들을 침묵하게 만든 고모다 집안의 거만의 재산도 단 한 사람 치요코의 애정 앞에는 아무런 힘을 발휘하지 못했습니다. 가령 그녀의 친정은 히로스케의 상투적인 수단에 의해 회유되기는 했지만 그녀 자신의 떨쳐버릴 수 없는 슬픔은 그 어떤 방법으로도 위로할 수 없었습니다.
 그녀는 소생한 이후 남편의 성격이 이상하게 변한 모습을, 이 수수께끼 같은 사실을 풀 방법도 없어서 그저 한 마디 말할 사람도 없는 슬픔을 가만히 참고 있는 것 이외에는 달리 방도가 없었습니다.
 남편의 무모한 계획에 의해, 고모다 집안의 재정이 위험에 처해있는 상황도 물론 마음에 걸렸지만, 그녀로서는 그런 물질적인 사정보다는, 단지 이미 그녀로부터 떠나 버린 남편의 애정을 어떻게 하면 돌이킬 수 있을까, 왜냐하면 그 사건을 경계로 해서 그때까지 그렇게나 격렬했던 남편의 애정이 갑자기 다른 사람과 같이 식어버린 것일까, 라는 것만을 밤낮없이 계속해서 생각했던 것입니다.

"그 분께서 저를 바라보시는 눈에는 소름이 끼치는 듯한 빛이 느껴진다. 하지만, 그것은 결코 나를 미워하시는 눈은 아니다. 그러기는커녕 나는 그 눈 속에 지금까지 여태까지 한 번도 보지 못했던 첫사랑과 같은 순수한 애정조차 느낄 수 있는 것이다. 그런데 그것과는 정반대로 나에 대한 그 냉정하고 쌀쌀맞은 처사는 도대체 어찌 된 일이란 말인가! 그것은 물론 그런 무서운 사건이 있었으니 기질이나 체질이 전과 달라졌다고 한들 전혀 수상히 여길 만한 데는 없을 테지만, 요즘처럼 내 얼굴만 보면 마치 두려운 사람이 가까이 오기라도 한 것처럼 그저 도망치려고만 하시는 것은, 정말 이상하게 생각하지 않을 수 없다. 그렇게 나를 싫어하신다면 눈 딱 감고 이별해 주셔도 괜찮을 것을, 그리는 하지 않으시고 말을 거칠게 하시지도 않으시면서도 아무리 감추시려 해도 눈만은 항상 내 쪽으로 달려들 듯한 모습으로 이상한 집착을 보이고 계시니…. 아 나는 어떻게 하면 좋을까?"

히로스케의 입장은 물론이거니와 그녀의 입장 역시 실로 이상하다고 말하지 않을 수 없었습니다. 게다가 히로스케에게는 사업이라는 큰 위안 받을 것이 있어 매일 많은 시간을 그쪽에 몰두하고 있으면 되었지만 치요코에게는 그런 것은 없이, 오히려 친정에서는 남편의 행적에 관해 이러쿵저러쿵 아내로서의 그녀의 무기력을 책망하기만 합니다. 그것만으로도 진절머리가 나기에 충분한데 그녀를 위로해 줄 사람은 친정에서 데리고 온 나이든 할머니 이외에는 남편 사업도 남편 자신도 마치 그녀를 멀리하는 것 같아서 그녀의 외로움과 애달픔은 그 무엇에 비할 데가 없었습니다.

히로스케는 물론 말할 것도 없이 치요코의 슬픔을 너무 잘 알고 있을 정도로 파악하고 있었습니다. 대부분은 오키노시마의 사무실에서 먹고 자곤 했는데 가끔 저택에 돌아가서도 묘하게 거리를 만들어, 서로 마음을 털어놓고 대화하는 일도 없을 뿐 아니라 밤에도 일부러 방을 따로 써서 자는 것 같았습니다. 그러면 대개의 밤에는 옆방에서 치요코의 숨이 끊어질 듯 소리를 죽이고 우는 기색이 보였지만 그것을 위로할 만한 말도 없이 그 또한 울음을 터뜨리고 싶은 기분이 들기 일쑤였습니다.

설사 음모가 폭로를 두려워했다고는 하나, 이러한 부자연스러운 상태가 그렇게 1년이나 계속된 것은 참으로 신기하다 하지 않을 수 없습니다. 그러나 이 1년이 그들에게는 최대한의 기간이었습니다. 그로부터 얼마 되지 않아 우연한 계기로 그들 사이에 불행한 파탄의 날이 찾아왔습니다.

그 날은 오키노시마 공사가 거의 완성되고 정원을 조성하는 쪽의 일이 일단락되었다는 보고를 받아 중요 관계자가 고모다 저택에 모여 성대한 주연을 열었는데, 히로스케는 드디어 그의 소원이 달성되는 날이 가까워졌다는 생각에 너무 기뻐서 어찌 할 바를 모르고 떠들어 대어 연회가 파한 것은 이미 12시가 넘은 시각이 되어서였습니다. 마을의 기생이나 동기 등도 여러 명 좌석에서 시중을 들었는데, 그녀들도 각자의 처소로 물러가 버리고 손님들 중에는 고모다 저택에 묵는 사람도 있거니와 혹은 어딘가로 모습을 감추는 사람도 있어 객실은 썰물이 빠져나간 흔적과 같았습니다. 배반낭자(杯盤狼藉)[48] 한 가운데 혼자서 곤드레만드레가 된 사람은 히로스케, 그리고 그를 돌본 사람은 그 처인 치요코였던 것입니다.

---

48) 연회 뒤에 술잔·쟁반 등이 어지러진 모양.

그 다음날 아침 뜻밖에도 7시경에 이미 일어나 있던 히로스케는 어떤 감미로운 추억과, 그러나 이루 말할 수 없는 회한에 가슴을 두근거리면서 몇 번이나 주저한 끝에 발소리를 죽이듯 치요코의 방에 들어갔습니다. 그리고 거기에 새파랗게 질린 모습으로 몸을 움직이지도 않은 채 앉아서 입술을 깨물고 꼼짝 않고 허공을 응시하고 있는, 마치 사람이 달라진 것처럼 보이는 치요코의 모습을 발견했던 것입니다.

"치요코, 어떻게 된 거야?"

그는 내심으로는 거의 절망하면서도 겉으로는 아무렇지도 않은 모습으로 이렇게 말을 걸었습니다. 그러나 거의 그가 예상한 대로 그녀는 여전히 허공을 응시한 채 대답을 하려고도 하지 않는 것입니다.

"치요…."

그는 다시 부르려고 하다가 문득 입을 다물었습니다. 치요코의 쏘아보는 듯한 시선과 마주쳤기 때문입니다. 그는 그 눈을 보기만 했는데도 이미 모든 것을 알았습니다. 역시 그의 몸에는 죽은 겐자부로와 다른 어떤 특징이 있었던 것입니다. 그것을 치요코가 어젯밤 발견한 것입니다.

어느 순간 그녀는 깜짝 놀라며 그에게서 몸을 빼고 몸을 딱딱하게 한 채 죽은 것처럼 몸을 움직이지 않게 된 것을 그는 희미하게 기억하고 있었습니다. 그때 그녀는 어떤 사실을 알아차린 것입니다. 그리고 오늘 아침부터도 그녀는 그렇게 핼쑥해져서 그 무서운 의혹을 점점 확실히 의식하고 있는 것이었습니다. 그는 처음부터 그녀를 얼마나 경계하고 있었을까요? 1년이란 긴 세월 동안 타오르는 생각을 꾹 억누르고 계속 참은 것은 모두 이런 파탄을 피하고 싶다는 일념에서 가능했던 것이었습니다. 그것이 단 하룻밤의 방심으로 결국 돌이킬 수 없는 실책을 저지르고 말았네요. 이제 다 끝입니다. 그녀의 의혹은 앞으로 서서히 깊어지기만 할 뿐 절대로 풀 수는 없을 것입니다. 그것을 그녀가 자기 혼자 가슴에 간직해 준다면 그다지 두려워할 일도 아닐 텐데, 어떻게 그녀가, 이른바 진짜 남편의 원수인, 고모다 집안 전체를 횡령한 사람을 이대로 눈감아 줄 수 있겠습니까? 머지않아 이 사실은 경찰의 귀에 들어가겠지요. 그리고 실력 있는 탐정에 의해 계속해서 조사의 손길이 뻗쳐진다면 언젠가는 진상이 폭로된다는 것은 명백한 일입니다.

"아무리 술에 취했다고 해도 너는 정말 돌이킬 수 없는 일을 저지르고 말았구나. 이 일을 어떻게 처리해야 한단 말인가!"

히로스케는 후회해도 후회해도 부족하다는 생각이 들었습니다.

그렇게 그들 부부는 치요코 방에서 서로 마주 본 채, 두 사람 모두 한 마디도 말을 하지 않고 오랫동안 매섭게 노려보고만 있었는데, 마침내 치요코는 두려움을 참지 못한 듯,

"미안하지만, 저 몹시 몸이 안 좋습니다. 부디 이대로 혼자 있게 해 주세요."

간신히 이것만을 말하고는 갑자기 그 자리에 푹 엎드리고 말았습니다.

15

 히로스케가 치요코를 살해할 결심을 한 것은 그 일이 있고 나서 딱 나흘째 되는 날이었습니다.
 치요코는 한 때는 그렇게나 그에게 적의를 품고 있었지만, 다시 생각해보면, 설사 어떤 확증을 보았다 하더라도, 그렇다면 그분이 겐자부로가 아니라면 도대체 이 세상에 그렇게도 많이 닮은 사람이 있을 수 있을까요? 그것은 넓은 일본 전지역을 찾아 돌아다닌다면 정말 같은 얼굴 생김새가 없다고 단정할 수는 없지만, 그렇게 빼닮은 사람이 혹시 있다고 한들, 그 사람이 그때 마침 겐자부로 무덤에서 살아나오다니 마치 요술이나 마법같이 재주 있는 흉내를 낼 수 있을 거라고는 생각되지 않습니다. "이것은 어쩌면 내 창피스러운 착각이 아닐까?"하고 생각하니, 그런 상스러운 내색을 한 것이 남편에 대해 죄송한 것처럼 생각되는 것입니다.

그러나 또 한편으로는 소생 이후, 남편의 성격이 급격히 변하고 오키노시마의 정체 모르는 대공사, 그녀에 대한 이상한 거리감 그리고 뒤로 물러설 수 없는 확실한 증거를 하나하나 늘어놓고 생각하면 역시 어딘가 의심스러운 데가 있어서, 이것은 혼자서 끙끙 앓지 말고 차라리 누군가에게 이 일을 털어놓고 의논해 보는 게 좋지 않을까, 라는 생각도 들었습니다.

히로스케는 그날 밤 이후 너무 걱정한 나머지 몸이 아프다며 저택에 틀어박힌 채, 섬의 공사장에도 가지 않고 은근슬쩍 치요코의 일거일동을 감시하며 그녀 마음의 움직임을 대략 알아챌 수 있었습니다. 그리고 이 상태라면 우선 안심이 되었지만, 나중에는 그의 일상에 관한 모든 일을 몸종에게 맡기고 그녀는 한 번도 그의 옆에 다가오려고 하지 않고 제대로 말도 하지 않는 모습을 보니 역시 방심할 수 없었습니다. 어떤 우연한 기회에 그 비밀이 외부로 새어 나간다면, 아니, 설사 외부로는 새지 않더라도 그사이에 저택 내의 하인 등에게 널리 알려지는 것은 뻔한 일이 아닐까라는 생각이 들자 더욱더 안절부절못하고 나흘 동안 주저하고 주저한 끝에 그는 결국 그녀를 살해하기로 결심했던 것입니다.

그런데 그날 오후 그는 치요코를 그의 방으로 불러들여서, 마치 아무렇지도 않은 듯 이런 식으로 말을 꺼내는 것이었습니다.

"몸 상태도 좋은 것 같으니 나는 이제부터 다시 섬으로 가려고 하는데 이번에는 공사가 완전히 다 마무리될 때까지 돌아오지 못할 것 같아. 그래서 그동안 당신도 저쪽에 함께 가서 섬 위에서 잠시 같이 지냈으면 하는데, 어때? 좀 기분 전환 삼아 나가보는 것은. 게다가 내가 하는 묘한 일들도 이제 대부분 완성되었으니 한 번 당신에게도 보여주고 싶기도 하고."

그러자 치요코는 역시 의심 많은 표정을 바꾸지 않은 채 이러쿵저러쿵 구실을 만들어서는 그의 권유를 거절하려고 할 뿐입니다. 그는 그것을 혹은 어르고 혹은 위협하는 등의 여러 방법을 사용한 끝에 30분 정도나 입이 시도록 설득하여 마침내 반 위압적으로 그녀를 끄덕이게 만들어 버렸습니다. 그도 그럴 것이 그녀는 히로스케를 두려워하면서도 또 다른 한편으로는 그것이 설사 겐자부로가 아니더라도 역시 그에게 애착을 느꼈기 때문입니다. 그런데 간다고 해도 다시 할멈을 동반할지 안 할지를 두고 한 문답을 주고받은 끝에 결국 할멈을 동반하지 않고, 그와 치요코 둘이서만 그날 오후 열차를 타고 가기로 이야기를 마무리지었습니다. 그렇다고 하더라도 누구를 동반하지 않더라도 섬에 가면 거기에도 많은 여자들이 있으니 전혀 불편이 있을 리가 없었던 것입니다.

해안을 따라 1시간이나 기차에 흔들리고 있자니 이미 종점인 T역에 와 있었습니다. 거기에서 준비한 모터 선을 타고 거친 파도를 헤치며 다시 1시간이나 이동하여 드디어 목적지 오키노시마에 도착했습니다.

치요코는 오랜만에 남편과의 둘만의 여행을 뭔지 모를 공포심과 함께, 그러나 다른 한편으로는 이상한 즐거움도 느끼면서 부디 요전 밤의 일은 내 착각이기를 바랬습니다. 즐거웠던 것은, 기차 안에서도 배 위에서도 여느 때와는 달리 남편이 묘하게 상냥하고 말수가 많고 여러 모로 그녀를 보살펴주거나 창밖을 가리키고는 지나가는 풍경을 감상하거나 해서 그것이 이전의 밀월여행을 상기시켰을 정도로 이상하게도 달콤하고 반갑게 느껴졌습니다. 따라서 그 두려운 의심도 어느 사이엔가, 잊으려고 한 것은 아니지만 무의식적으로 잊은 형태로 그녀는 설사 내일은 어찌 될지언정 그냥 이 즐거움이 조금이라도 오래 계속되었으면 하는 마음뿐이었습니다.

배가 오키노시마에 가까워지자 섬 기슭에서 20간(間)⁴⁹⁾이나 떨어진 곳에 대단히 큰 부표(浮漂)가 있었는데 배는 그 옆에 도착하게 됩니다. 부표 표면은 2간(間) 사방위의 쇠로 둘러져 있고 그 중앙에 배의 해치와 같은 작은 구멍이 나 있습니다. 두 사람은 배에서 디딤널을 건너 그 부표에 내려 섰습니다.

"여기에서 다시 한번 섬 위를 잘 봐 보시게. 저 높게 바위산처럼 솟아 있는 것은 전부 콘크리트로 만든 벽이야. 밖에서 보면 섬의 일부로 밖에 보이지 않겠지만 저 내부에는 정말 멋진 것이 감추어져 있다니까! 그리고 바위산 꼭대기를 보면 높은 발판이 있을 거야. 저것만 아직 공사 중인데, 저기에는 굉장히 큰, 공중정원(Hanging Garden, 가공정원)이라고 하는 것인데, 요컨대 천상의 화원이 만들어지는 셈이야. 그럼 이제부터 내 꿈의 왕국을 구경해 볼까? 전혀 무서워하지 않아도 돼. 이 입구를 내려가면 바다 밑을 통해 곧바로 섬 위로 나갈 수 있어. 자, 이 손을 잡아요, 이끌어 줄

---

49) 간(間) : 길이의 단위로 6척(尺)이며 약 1.818m에 상당한다.

테니. 내 뒤를 따라와요."

히로스케는 상냥하게 말하며 치요코의 손을 잡았습니다. 그로서도 치요코와 마찬가지로 둘이 손에 손을 잡고 이 바다 밑을 건너는 것이 왠지 모르게 즐겁습니다. 언젠가는 그녀를 자기 손으로 살해하지 않으면 안 된다고 생각하면서도 그러기에 그녀의 부드러운 살갗의 감촉이 한층 사랑스럽게도 귀엽게도 생각되었습니다.

배의 해치(hatch, 배 갑판의 승강구)에 들어가서 어두운 수혈(縱穴·竪穴)[50]을 5, 6간 정도 내려가면 보통 건물의 복도 정도의 넓이로 죽 옆으로 터널 같은 길이 열려 있습니다. 치요코는 거기로 내려가서 한 걸음 나아갈까 말까 하는 사이에 무심결에 소리를 내지 않을 수 없었습니다. 거기는 실로 상하좌우 모든 방향에서 해저를 내다볼 수 있는 유리를 끼운 터널이었던 것입니다.

콘크리트 틀에 두꺼운 판유리를 붙이고 그 외부에 강한 전등이 설치되어 머리 위나 다리 아래, 좌우의 모든 곳을 2, 3간의 반지름의 구멍으로 신기한 물밑의 광경을 손에 잡을 듯이 바라다볼 수 있습니다. 반들반들한 검은 바위산, 거대

---

50) 수혈(縱穴·竪穴) : 지면에서 곧게 내리 판 굴.

한 동물의 갈기처럼 무섭게 흔들리는 해초, 육지에서는 상상도 할 수 없는 각종 잡다한 물고기 무리의 유영, 8개의 다리를 수레바퀴처럼 펼치고 섬뜩한 돌기를 부풀리고 유리판 가득 달라붙어 있는 거대한 문어, 물속의 거미처럼 바위 표면에 꿈틀거리는 새우, 그것들이 강렬한 전등 빛을 받으면서 물의 두께에 흐릿해져, 먼 쪽은 삼림처럼 검푸르고 거기에 정체를 알 수 없는 괴물들이 우글우글 서로 밀치락달치락하며 북적대는 것 같아 그 악몽 같은 광경은 육지에서는 전혀 상상도 할 수 없는 느낌이 들었습니다.

"어때? 놀랐지? 하지만 여기는 아직 입구에 불과해. 이제 건너편으로 가면 더 재미있는 것을 볼 수 있을 거야."

히로스케는 너무 섬뜩하여 새파래진 얼굴의 치요코를 위로하면서 자못 득의양양하게 설명하는 것이었습니다.

16

 고모다 겐자부로(菰田源三郎)인 양 행세하기 이전의 히토미 히로스케(人見廣介)와 그 처이면서도 처가 아닌 치요코(千代子)의 실로 이상한 밀월여행은 이 얼마나 운명의 장난일까요? 이렇게 해서 히로스케가 만들어낸 그의 소위 꿈의 나라, 지상의 낙원을 헤매는 것이었습니다.

 두 사람은 한편으로는 서로 끝없는 애착을 느끼면서도 다른 한편으로 히로스케는 치요코를 없애버리려는 계획으로, 치요코는 히로스케에 대한 가공할 의혹으로 서로의 기분을 살피면서도, 하지만 결코 서로 적의를 일으키지 않고 이상하게 달콤하고 그리운 느낌을 자아내고 있었습니다.

 히로스케는 자칫하면 일단 결심했던 살의를 단념하고 치요코와의 이 이상한 사랑에 몸도 마음도 맡기고자 할 정도로 마음이 흔들린 적도 있었습니다.

"치요(千代), 외롭지는 않아? 이렇게 나와 단둘이서 바다 아래를 걷고 있는 것이…. ……그대는 무섭지는 않아?"

그는 문득 그런 말을 해 보았습니다.

"아니오. 전혀 무섭지는 않아요. 그것은, 저 유리 건너편에 보이는 바다 밑 경치는 무척 섬뜩하지만 당신이 곁에 있어 준다고 생각하니 무섭다는 생각 따위는 전혀 들지 않아요."

그녀는 살짝 어리광을 부리는 듯 그의 몸 가까이 바싹 달라붙어 이렇게 대답했습니다. 어느 사이엔가 그 두려운 의심을 잊어버리고 그녀는 지금 단지 눈앞의 즐거움에 취해 있기라도 한 걸까요?

유리 터널은 이상한 곡선을 그리며 뱀처럼 언제까지고 계속되었습니다. 몇백 촉광(燭光, 불의 빛이나 세기)의 전등에 비춰지고 있어도 바다 아래의 괴어 있는 어둠은 어떻게 할 수도 없습니다. 억누르는 듯한 으스스한 공기, 아득히 머리 위로 밀려오는 파도의 울림, 유리 너머의 검푸른 세계에 꿈틀거리는 생물, 그것은 정말로 이 세상 밖의 경치였습니다.

치요코는 앞으로 나아감에 따라 최초의 맹목적인 전율감이 서서히 경이로움으로 바뀌고, 조금씩 익숙해짐에 따라 꿈같은, 환상 같은 해저의 좁은 길의 매력에 불가사의한 매료를 느끼기 시작했습니다.

전등이 닿지 않은 먼 곳에 있는 물고기들은 눈방울만이 여름밤의 강 수면을 어지러이 나는 반딧불이처럼 종횡무진 사방으로 혜성 꼬리를 끌며 괴이하게 보이는 인광을 발하며 서로 스쳐 지나가고 있습니다. 그것이 등불의 빛을 좇아 유리판에 가까워질 때 어둠과 빛의 경계를 넘어 서서히 여러 가지 모양, 가지각색의 색채를 등불 아래에 드러내는 그 신기한 풍경을 무엇에 비유하면 좋을까요? 거대한 입을 바로 정면을 향해 꼬리도 지느러미도 움직이지 않고 잠수함처럼 쑥 하고 물속을 가르며 안개 속의 몽롱한 모습이 순식간에 커지고 이윽고 활동사진 속의 기차처럼 이쪽 얼굴에 부딪힐 정도로 아주 가깝게 다가오는 것입니다.

올라가거나 내려가고 왼쪽으로 오른쪽으로 굴절하며 유리 길은 섬의 연안을 따라 수십 간 정도 이어지고 있습니다. 꼭대기까지 올랐을 때에는 해면과 유리 천정이 스치듯 닿아 있어 전등의 힘을 빌리지 않더라도 주위 모습을 손바닥 보듯이 바라다볼 수 있고 완전히 내려갔을 때에는 몇백 촉광의 전등도 불과 1, 2자 사이를 희뿌옇게 비춰내는 것에 지나지 않아 아득한 저편에는 지옥의 어둠이 끝없이 이어지고 있습니다.

바다 근처에서 자라서 그 풍경이나 소리에 익숙하다고는 하지만 이렇게 가까이 바다 밑을 여행한 적은 말 할 필요도 없이 처음이기 때문에 치요코는 그 신기함이나 화려함, 기분 나쁜 모습에도 불구하고 이상하게 빨려 들어가는 인적이 뜸한 곳의 아름다움, 무서울 정도로 산뜻한 해저의 별세계에 자기도 모르게 이루 말할 수 없는 유혹 같은 것을 느끼는 것은 정말 당연한 일이었습니다. 그녀는 육지에서 말라 딱딱해진 모습을 보고는 아무런 감동도 느끼지 못했던 다종다양한 해초들이 호흡하고 자라고 서로 만져주며, 혹은 투쟁하고 이해할 수 없는 언어로 대화조차 하고 있는 듯한 모습을 목격하고, 생육하고 있는 그들의 모습의 이상함에 몸이 움츠러드는 느낌이 들었습니다.

갈색 다시마의 큰 삼림, 폭풍우 숲의 우듬지가 서로 뒤엉키듯 해수의 미동에 살랑거리고 있습니다. 썩어 문드러진 구멍이 뚫린 얼굴처럼 어쩐지 기분이 나쁜 아나메(穴布)[51],

미끈미끈한 껍질을 부르르 떨며 보기 흉한 발을 바르작거리는 큰 거미 같은 에조와카메(蝦夷若布, 학명 Alaria crassifolia)52), 큰 야자나무와도 비교할 수 있을 만한 오바모쿠(학명 Sargassum ringgoldianum), 징그러운 회충 아주머니 같은 끈말(蔓藻), 녹색의 불꽃처럼 타오르는 아오노리(青海苔)53), 청각채(水松·海松)의 대평원, 이것들이 군데군데 약간의 바위 표면을 남기고 구석구석까지 해저를 덮고 있어, 그 뿌리 쪽이 어떤 모습으로 되어 있는지 거기에는 어떤 무서운 생물이 둥지를 틀고 살고 있는지 단지 윗부분의 잎의 끝만 무수한 뱀의 머리처럼 뒤엉키고 착 달라붙어 서로 장난치며 으르렁거리듯 보이기도 합니다. 그것을 검푸른 해수의 층을 넘어 어슴푸레한 전등 빛을 통해 바라다보는 것입니다.

어느 곳에는 어떤 대학살의 흔적인가 싶을 정도로, 거무칙칙한 피의 색깔로 물든 아마노리(甘海苔)54)의 풀숲, 빨간

---

51) 아나메(穴布) : 몸에 많은 구멍이 나 있는 다시마의 하나.
52) 에조와카메(蝦夷若布, 학명 Alaria crassifolia) : 다시마 과(科)의 갈조. 일본 미야기(宮城)현(県) 이북의 해안 간조선 부근에 자라며 모양은 미역과 유사하며 중륵맥(中肋脈)이 있다. 어린 것은 식용한다.
53) 아오노리(青海苔) : 파래속(屬)의 바닷말.
54) 아마노리(甘海苔) : 김 등의 홍조(紅藻)류의 바닷말.

머리카락의 여자가 머리를 마구 흩뜨린 모습의 우시케노리 (牛毛海苔, 학명 Bangia fuscopurpurea)55), 닭의 발 모양의 토리노아시(鷄の足), 거대한 지네처럼 보이는 무카데노리(百足海苔, 학명 Grateloupia filicina)56), 그 중에도 가장 섬뜩한 것은 맨드라미 화단을 해저에 가라앉힌 것이라 여겨지는 선홍색의 계관해조의 한 덤불…. 새카만 바다 밑에서 주홍색을 보았을 때의 어마어마한 모습은 도저히 육지에서는 상상할 수 없는 것이었습니다.

게다가 걸쭉한 노란색, 파란색, 빨간색으로 무수한 뱀의 혀와 같이 서로 뒤엉킨 괴이한 형태의 풀숲을 좌우로 밀어 헤치고, 앞에서도 말한 기십 기백(幾十幾百)의 반딧불이가 어지러이 날아다니고, 전등 광역(光域)57)에 들어감에 따라 각각의 불가사의한 모습을 환등(幻燈)의 그림처럼 드러냅니다. 사납고 악독한 형상을 한 괭이상어, 도라자메(虎鮫)58)가 핏기가 사라진 점막의 하얀 배를 보이며 도오리마(通り

---

55) 우시케노리(牛毛海苔, 학명 Bangia fuscopurpurea) : 김파래.
56) 무카데노리(百足海苔, 학명 Grateloupia filicina) : 지누아리류.
57) 광역(光域) : 피사체의 밝고 어두운 부분의 범위.
58) 흉상어목(目) 두툽상어과(科)의 상어.

魔)59)처럼 재빨리 시계를 가로지르고 때로는 철천지원수처럼 눈을 부릅뜨고 유리벽에 돌진하여 그것을 물어 찢으려고도 합니다. 그때의 유리판 맞은편에 밀착한 이들의 욕심 많고 두꺼운 입술은 마치 부녀자를 협박하는 불량배의 침으로 더럽혀지고 비틀어진 모습으로, 그것에서 떠오르는 어떤 연상에 치요코는 엉겁결에 부들부들 떨 정도였습니다.

작은 상어 부류를 해저의 맹수로 비유하면, 그 유리 길에 나타나는 어류로서는 가오리 등은 물에 사는 맹조에도 비유할 만하고 붕장어, 곰치 부류는 독사로 볼 수 있을 것입니다. 육지의 사람들은 살아 있는 어류라고 하면 기껏해야 수족관의 유리상자 속에서밖에 본 적이 없어 이 비유가 너무 거창하다고 생각할지도 모릅니다. 그러나 먹어서 독도 약도 안 되는 얌전하게 보이는 새우가 물속에서는 어떤 형상을 띠고 있는지, 바닷뱀의 친척에 해당하는 붕장어가 해초에서 해초로 옮겨다니며 얼마나 섬뜩한 곡선 운동을 행하고 있는지 실제로 바다 속에 들어가서 그것을 본 사람이 아니라면 상상도 할 수 없는 일입니다.

---

59) 도오리마(通り魔) : 순식간에 지나치면서 만난 사람에게 해를 끼친다는 마물로 현대에서는 그런 부류의 나쁜 사람. 묻지 마 살인.

만약 공포로 채색되었을 때 아름다움이 한층 깊은 맛을 더하는 것이라고 한다면 세상에 해저의 경치만큼 아름다운 것은 없을 것입니다. 적어도 치요코는 이 첫 경험에 의해 태어나서 지금껏 음미한 적이 없는 몽환세계의 아름다움을 접한 것 같이 느꼈던 것입니다. 어둠의 저편에서 뭔가 거대한 무언가의 낌새를 느끼고는 두 개의 인광이 엷어지는 것과 동시에 서서히 전등 빛 속에 모습을 드러낸, 줄무늬의 경계가 또렷한 두동가리돔의 웅장한 모습을 접했을 때 그녀는 자기도 모르게 감탄의 소리를 내며 공포와 환희를 느낀 나머지 새파랗게 질려 남편의 소매에 매달릴 정도였습니다.

 파르스름하게 빛나는 풍만한 마름모꼴 체구에 욱일기 줄처럼 두껍고 옆쪽으로 뻗은 두 개의 솔개, 선명한 흑갈색 줄무늬의 경계, 그것이 전등에 비쳐 거의 금색으로 빛나고 있었습니다. 요부와 같이 과장스레 분장한 큰 눈과 튀어나온 입술, 그리고 등지느러미 한 개가 전국시대 무장의 투구의 장식물과 비슷하여 눈부시게 뻗어 있는 것입니다. 그것이 크게 몸을 뒤틀며 유리판 쪽으로 다가가서 방향을 바꾸고, 유리판을 따라 그것과 스칠 듯이 그녀의 눈앞에서 헤엄치기 시작했을 때 그녀는 다시 감탄의 고함을 지르지 않을 수 없었습니다. 그것이 캔버스 위에 그려진 화가의 창작에 의한 도안이 아니라 한 마리의 생물인 것이 그녀로서는 경이로웠던 것입니다. 장소가 장소인지라 섬뜩한 해초와 검푸르고 탁한 물을 배경으로 희미한 전등 빛에 의해 그것을 바라다보았습니다. 그녀의 놀라움은 결코 과장이 아니었던 것입니다.

그러나 앞으로 나아감에 따라, 그녀는 더 이상 한 마리의 물고기에 놀라고 있을 여유가 없었습니다. 계속해서 유리판 밖에 그녀를 송영하는 어류의 굉장함과 그 선명함, 섬뜩함, 그리고 또 아름다운 모습, 자리돔, 병치돔, 육동가리돔, 아홉동가리, 어떤 것은 자금색으로 빛나는 줄무늬의 경계선, 어떤 것은 그림물감으로 물들인 듯한 얼룩무늬, 만일 이런 형용이 허락된다고 한다면 악몽의 아름다움, 이것은 실로 그 전율할 만한, 다름 아닌 악몽의 아름다움 그 자체였던 것입니다.

"아직 멀었어. 내가 당신에게 보여주고 싶은 것은 이제부터 볼 것이라고. 내가 모든 충고에 귀를 기울이지도 않고 전 재산을 내던져 평생을 바쳐 시작한 일이야. 내가 만들어낸 예술품이 얼마나 멋진지, 아직 완전히 완성되지는 않았지만 누구보다도 먼저 당신에게 보여주고 싶었어. 그리고 당신의 감상을 듣고 싶었어. 아마 당신은 내 일의 가치를 알아줄 것 같아서 말이지. 이봐, 잠깐 여기를 들여다 봐봐. 이렇게 보면 바닷속이 또 다르게 보인다니까."

히로스케는 어떤 정열을 담아 속삭였습니다.

그가 가리킨 곳을 보니 거기는 유리판 아래가 지름 3치 정도인 것이 묘하게 부풀어오른 마치 다른 유리를 끼워 넣은 것 같은 모양을 하고 있었습니다. 그가 권하는 대로 치요코는 등을 구부리고 조심조심 그곳을 쳐다보았습니다. 처음에는 시계 전체에 떼구름 같은 것이 퍼져 있어서 뭐가 뭔지 알 수 없었지만, 눈의 거리를 다양하게 바꾸며 바라보고 있자니 이윽고 그 맞은편에 무시무시한 것이 꿈틀거리는 것을 확실히 알 수 있게 되었습니다.

17

 거기에는 한 아름이나 되는 암석이 대굴대굴 구르고 있는 땅으로부터 마치 비행선의 가스주머니를 세로로 한 듯한 갈색 자루가 여러 개 위쪽으로 떠올라 있었는데 물로 인해 흔들흔들 흔들리고 있습니다. 너무나도 이상해서 얼마 동안 들여다보고 있었는데, 큰 자루 뒤쪽의 물이 기이하게 요동치는가 싶더니 자루 사이를 좌우로 밀어 헤치듯이 그림에서나 볼 듯한 태고의 비룡(飛龍)과 닮은 무시무시하고 거대한 짐승이 어슬렁어슬렁 기어 나오기 시작하는 것입니다. 깜짝 놀라 무엇인가 자석에 빨려 들어가는 느낌이라 몸을 당길 힘도 없었습니다. 그와 동시에 일이 진행되는 상황을 조금씩 알게 되면서 다소 안심되는 부분도 있고 하여 그녀는 그대로 몸을 움직이지도 않고 그 이상한 것을 계속 보고 있었습니다. 그러자 정면을 향한 얼굴의 크기가 비행선의 기낭(氣囊)[60]의 몇 배나 될 것 같은 괴물은 그 얼굴 전체가 옆으로 딱 두 동강으로 찢어진 정도의 큰 입을 뻐끔거리면서 비룡 그대로의 모습으로 등에 산더미 같이 솟아올라 있는 몇 개의 돌기물을 흔들흔들 움직이며 옹이가 많아 울퉁불퉁한 짧은 다리로 천천히 이쪽으로 다가오는 것입니다. 그리고 그것이 그녀 눈앞에 다가왔을 때의 두려움. 정면에서 보면 거의 얼굴만 있는 짐승입니다. 짧은 다리 위에 바로 입이 열려 있고 코끼리 같은 가는 눈이 직접 등의 돌기물에 붙어 있습니다. 피부는 몹시 울퉁불퉁하고 꺼칠하며 그 위에 보기 흉한 반점이 검게 도드라져 있는, 그것이 무섭고 작은 산 같은 크기로 또렷이 그녀의 눈에 비쳤던 것입니다.

"여보, 여보······"

그녀는 간신히 눈을 떼고는 습격을 당한 것처럼 남편 쪽을 돌아보았습니다.

"왜 그래? 무서운 거 아냐. 그것은 도수가 센 확대경이야. 지금 당신이 본 것은 말이야 저기 봐! 이렇게 이 부근 앞의 유리가 있는 데에서 들여다보라고. 저렇게 자그마한 물고기에 지나지 않아. 저건 빨간씬벵이라는 것이야. 아귀 종류지.

---

60) 기낭(氣囊) : 기구나 비행선 등 부양력을 주기 위해 가스를 채운 주머니.

저놈은 저렇게 지느러미가 변형된 다리로 바다 밑을 기어다닐 수도 있어. 아, 자루 같은 것 말이야? 저건 보는 바와 같이 해조의 일종으로 '와타모'라고 한다는군. 주머니 모양으로 생겼지? 자, 그럼 건너편 쪽으로 가 보자고. 아까 뱃사람에게 말해 두었으니 시간이 맞으면 조금만 더 가 보자고. 재미있는 것을 볼 수 있을 테니까."

치요코는 남편의 설명을 들어도 무서운 것을 보고 싶다는 마음에 기묘한 유혹에 저항할 수 없어서 재삼 히로스케가 만들어 놓은 반 장난의 렌즈 장치를 다시 들여다보지 않을 수 없었습니다.

그러나 마지막으로 그녀를 가장 놀라게 한 것은 그런 잔꾀를 부린 렌즈 장치나 흔해빠진 해조류, 어패류가 아니라 이런 것들보다 몇 배나 농염하고 수려한, 그리고 어쩐지 기분 나쁜 어떤 무엇인가였던 것입니다.

잠시 걷는 동안 그녀는 죽 머리 위에 희미한 소리, 라기보다는 일종의 파동과 같은 것을 느꼈습니다. 그리고 뭔가의 예감이 문득 그녀의 발을 멈추게 했던 것입니다. 그러자 대단히 커다란 물고기 같은 것이 무수한 잔거품의 꼬리를 만들며 어두운 물속으로 들어가 무서운 속도로, 그 이상하게 미끈미끈하고 반질반질한 하얀 몸이 전등 빛에 잠시 비쳐지나 싶더니, 먹이를 탐하려 촉수를 움직이는 무성한 해초 속으로 자취를 감추고 말았던 것입니다.

"여보…."

그녀는 다시금 남편의 팔에 매달렸습니다.

"자 잘 봐봐. 저 해초가 있는 데를 잘 보라고."

히로스케는 그녀를 격려하듯 속삭였습니다.

불꽃의 양탄자처럼 보이는 아마노리(甘海苔)[61]의 마루가 한 군데 이상하게 흩어져 진주처럼 윤기 나고 아름다운 물거품이 무수히 떠올랐습니다. 뚫어지게 쳐다보니 그 물거품이 떠오르는 부근에는 새파랗고 매끈매끈한 그것이 넙치 모양으로 해저에 딱 달라붙어 있는 것입니다.

얼마 안 있어 다시마라고 착각할 수 있는 검은 머리카락이 아지랑이처럼 느릿느릿 흔들리며 흐트러져 있었습니다. 그 아래에서 하얀 이마가, 웃고 있는 두 개의 눈이, 그리고 이를 드러낸 빨간 입술이 계속해서 나타나 엎드리거나 기어서 얼굴만을 정면을 향한 모습으로 그녀는 서서히 유리판 쪽으로 가까이 다가왔습니다.

---

[61] 아마노리(甘海苔) : 김 등의 홍조(紅藻)류의 바닷말.

"놀라지 마. 저것은 내가 고용한 자맥질 잘 하는 여자야. 우리를 맞이하러 온 거야."

비틀비틀 쓰러질 듯한 치요코를 안아 올리며 히로스케가 설명합니다. 치요코는 숨을 가쁘게 쉬며 어린아이처럼 소리를 질렀습니다.

"어머나, 깜짝 놀랐잖아요. 이런 바다 밑에 사람이 있다니요."

해저에 있는 나부(裸婦, 벌거벗은 여자)는 유리판 있는 데까지 와서는 떠오르듯 두둥실 일어섰습니다. 머리 위로 소용돌이치는 검은 머리카락, 괴로운 듯이 일그러진 웃는 얼굴, 떠오른 가슴, 몸 전체에 빛나는 물거품, 그 모습으로 그녀는 안쪽의 두 사람과 나란히 유리벽에 손을 지탱하면서 서서히 걷기 시작했습니다.

두 사람은 유리를 사이에 두고 인어가 인도하는 대로 나아갔습니다. 해저의 좁은 길은 나아감에 따라 굴절되어 있었고, 게다가 군데군데 고의인지 우연인지 이상한 유리의 일그러짐이 생겨서 그곳을 통과할 때마다 나부의 몸이 두 동강 나 있거나, 혹은 몸통에서 떨어져서 목만이 공중에 떠 있거나, 얼굴만 이상하게 크게 확대되어 지옥인지 극락인지 여하튼 간에 이 세상 밖의 이상한 악몽처럼 계속해서 전개되는 것이었습니다.

그러나 얼마 안 있어 인어는 물속에서 견디기가 어려워졌는지 폐에 차 있던 공기를 후유 하고 뱉어내고, 무시무시한 거품의 한 무리가 먼 하늘로 사라질 무렵, 그녀는 마지막 웃는 얼굴을 남기고 손발을 지느러미처럼 움직이고 나붓나붓 위쪽으로 올라갔습니다. 그리고 장난꾸러기가 발을 동동 구르는 모습으로 두 발을 공중에 발버둥치더니 이윽고 하얀 발바닥만을 머리 위쪽으로 까마득하게 나부끼며 마침내 나부의 모습은 시계에서 사라져 버렸습니다.

18

 이 이상한 해저 여행에 의해 치요코의 마음은 인간계의 상투적인 것에 벗어나서 어느 사이에 끝을 모르는 무환(無幻)의 경계를 헤매기 시작했습니다. T시에 관한 것도 거기에 있는 고모다 집안의 저택에 관한 것도 그녀의 친정 사람들에 관한 것도 모두 먼 옛날의 꿈처럼 느껴졌습니다. 부모 자식이나 부부, 주종과 같은 인간계의 관계 등은 안개처럼 의식 밖으로 희미해지고 거기에는 영혼을 파고드는 사람이 살지 않는 곳의 고혹(蠱惑)62)과 그 사람이 진짜 남편이든 아니든 간에 그냥 눈앞에 있는 한 이성에 대한 몸과 마음도 마비되는 듯한 사모의 정만이 어두운 밤하늘의 불꽃의 산뜻함으로, 그녀의 마음을 차지하고 있었습니다.

"자, 이제부터 조금 어두운 길을 지날 거야. 위험하니 손

---

62) 고혹(蠱惑) : 아름다움이나 매력 같은 것에 홀려서 정신을 못 차리는 것. 매혹. 현혹.

을 잡아 줄게."

얼마 후 유리 길의 끊어지는 곳에 이르자 히로스케는 상냥하게 말하며 치요코 쪽을 돌아보았습니다.

"네."

라고 대답하고 치요코는 그의 손에 의지하는 것이었습니다.

그리고 길은 갑자기 어두워지고 암석을 도려내서 뚫은 구멍 같은 곳으로 구부러져 갔습니다. 사람 한 사람이 간신히 지날 수 있을 정도의 좁은 길입니다. 이미 육지 위에 나왔는지, 역시 바다 밑의 암굴(暗窟)[63]인지 치요코는 전혀 상황을 알 수 없었습니다. 무섭다고 하면 더할 나위도 없이 무섭겠지만 그보다는 손가락 끝을 피가 통할 정도로 맞잡은 남자의 팔 힘이 기뻤습니다. 그냥 그것만으로도 가슴이 뿌듯하여 어두움의 공포 따위에 마음을 쓸 여유도 없었던 것입니다.

그 어둠 속을 더듬어가며 치요코의 생각으로는 10정(町)이나 걸었을까 싶었을 때, 사실은 몇 간(間)의 거리밖에 걷지 않았지만, 갑자기 확 시계가 트여 거기에는 그녀가 자기도 모르게 놀라 비명소리를 내었을 정도로 정말이지 웅장한

---

63) 암굴(暗窟) : 어두컴컴한 굴.

경치가 펼쳐져 있었습니다.

시력이 닿는 범위에서 거의 일직선으로 엄청나게 큰 계곡이 옆으로 갈라져 있고 양쪽 기슭에는 하늘을 찌를 듯한 절벽이 눈썹을 짓누르며 계속되었습니다. 그 사이에 미동도 안 하는 듯 보이는 암청색 물이 약 반 정(町) 정도의 폭으로 시야 가득히 채워져 있는 것이었습니다. 그것은 언뜻 보기에 천연의 큰 계곡처럼 보이지만, 자세히 관찰하면 점차 그 모든 것이 인공적으로 만들어진 것이라는 것을 알게 됩니다. 그렇다고 해서, 거기에는 전혀 보기 흉한 부월(斧鉞)[64]의 흔적 등이 남아 있지는 않았습니다. 그런 의미가 아니라 이것을 천연의 풍경이라고 보았을 때 너무나도 과도하게 잘 갖추어져 있었고 불순물도 하나 보이지 않았기 때문입니다. 물에는 한 조각의 진개(塵芥, 먼지와 쓰레기)도 떠 있지 않았고 낭떠러지에는 한 줄기의 잡초조차 자라나 있지 않았습니다. 바위는 마치 양갱(羊羹)을 썬 것처럼 매끈매끈한 어두운 색으로 이어져 있었고 그 어둠이 물에 비쳐 물 또한 칠흑같이 검습니다. 따라서 조금 전 시계가 트였다고 한 것도 결

---

64) 부월(斧鉞) : 작은 도끼와 큰 도끼. 여기에서 전화하여 정벌을 뜻하게 되고 국가의 위엄과 권위를 상징하는 도구로 인식된다.

코 보통처럼 밝고 확 트인 것이 아니라 산골짜기의 앞쪽에서 뒤끝까지의 거리는 뿌예지는 정도가 넓고 절벽은 올려다보는 것처럼 높지만 그것이 전체적으로 요부가 얼굴 표정을 과장스레 분장한 것처럼 요염하게 검은 빛을 띠고 있었습니다. 밝은 곳이라고 하면 절벽과 절벽의 좁은 공간이 가늘게 나누어진 듯한 하늘이, 그것도 평지에서 보는 밝은 것이 아니라 낮에도 해질녘처럼 쥐색 빛을 띠고 있고, 거기에 별까지 빤짝이고 있는 것입니다. 게다가 더 이상한 것은 이 계곡은 산골짜기라기보다는 오히려 대단히 깊은, 가늘고 긴 연못이라 칭하는 것이 어울릴 듯, 양쪽 끝이 막다른 곳으로 되어 있어 한쪽은 지금 두 사람이 나왔던 해저에서 나오는 통로로, 다른 한쪽은 그 반대쪽이 아득히 희미하게 보이는 이상한 계단으로 끝나는 것이었습니다. 그 계단이라는 것은 양쪽의 낭떠러지가 천천히 좁아져 수면으로부터 일직선으로 마치 구름에 들어갈 듯 우뚝 솟아 있는 곳 중에서 유독 새하얗게 보이는 이상한 돌계단을 말합니다. 그런데 그것이 검정 일색의 주변 사이를 기가 막히게 한 선을 그으며 폭포처럼 내려가고 있는 모습은 단순한 구도라 그런지 한층 숭고한 미를 더하고 있었던 것입니다.

치요코가 이 웅장한 경치에 정신이 팔려있는 동안 히로스케가 어떤 신호를 한 듯 문득 정신을 차리고 보니 언제 어디에서 나타났는지 몹시 큰 두 마리의 백조가 자랑스러운 목덜미를 쳐들고는 그 풍만한 가슴 언저리에 두세 줄기의 완만한 파문을 만들며 소리 없이 두 사람이 서 있는 물가를 향해 가까이 다가오는 것이었습니다.

"어머나! 정말 큰 백조이네."

치요코가 경탄의 소리를 내는 것과 거의 동시에 일어난 일이었습니다. 한 마리의 백조 목 부근에서 아름다운 여성의 목소리가 울려 퍼지는 것 같았습니다.

"자 어서 타십시오."

그러자 치요코가 놀랄 틈도 없이 히로스케는 그녀를 안아 그 앞에 떠 있던 백조 등에 태우고 자기도 다른 한 마리의 백조에 올라탔습니다.

"하나도 놀랄 것 없어. 여보(치요코), 이것도 전부 우리 하인이니까. 자 백조야, 너희는 우리 두 사람을 저 건너편 돌계단 있는 데까지 옮겨 주는 거야."

백조가 사람 말을 할 정도이니, 이 주인의 명령도 이해했음에 틀림없습니다. 그녀들은 가슴을 나란히 하고 칠흑 같은 수면에 순백의 그림자를 뿌리며 조용히 헤엄치기 시작했습니다. 치요코는 너무나 이상해서 어안이 벙벙할 뿐이었지만, 이윽고 정신을 차리고 보니 그녀의 넓적다리 밑에 꾸물거리는 것은 절대로 물새의 근육이 아니라 깃털로 덮인 사람의 육체라는 것을 알 수 있었습니다. 아마 여자 한 명이 백조의 옷 속에 배를 깔고 엎드려서 물을 가르며 헤엄치고 있는 것이겠지요. 부스스 움직이는 부드러운 어깨나 엉덩이 살의 느낌, 옷을 통해 전해지는 몸의 온기, 이것들은 모든 사람의, 젊은 여성의 것인 듯 느껴졌던 것입니다.

그러나 치요코는 더구나 백조의 정체를 살필 여유도 없었고, 나아가 괴기하고 혹은 요염하고 아리따운 어떤 광경에 놀라 눈을 크게 뜨지 않을 수 없었습니다.

백조가 2, 30간(間)정도 앞으로 나아갔을 때 물밑에서 그녀 곁에 두둥실 떠오르는 것이 있었습니다. 그런가 싶더니 백조와 나란히 헤엄치면서 어깨로부터 위쪽을 그녀 쪽으로 비틀어 돌리면서 빙그레 웃는 얼굴은 분명 아까 해저에서 그녀를 놀라게 한 바로 그 인어 여자임에 틀림없었습니다.

"어머나, 당신은 아까 만난 분이시네요."

그러나 말을 걸어도 인어는 조신하게 웃기만 할 뿐 전혀 대꾸하지 않고 그냥 상냥하게 인사하면서 조용히 헤엄치고 있었습니다. 그리고 놀랍게도 인어는 절대로 그녀 한 사람에 그치지 않고 어느 틈엔가 한 사람, 두 사람 비슷한 젊은 나부들의 숫자가 늘어나 순식간에 인어 떼를 이루었습니다. 어떤 인어는 물속으로 들어가고 또 어떤 인어는 뛰어오르거나 서로 장난하며 두 마리의 백조에 비스듬히 줄을 지어 가는가 싶더니, 양손을 번갈아 빼어서 헤엄쳐 우리를 앞질러서는 아득한 저편으로 떠올라 손을 흔들어 보이거나 어둠빛의 절벽과 칠흑 같은 물을 배경으로, 그곳에 실오라기 하나 걸치지 않은 요염한 그림자를 흔들며 즐거이 장난치고 노는 모습은 그리스의 옛날이야기를 주제로 한 명화라도 보고 있는 것만 같았습니다.

얼마 후 백조가 길의 절반쯤까지 왔을 때 물속의 인어에 호응이라도 하듯, 아득히 먼 절벽 꼭대기에 파란 하늘을 나누어 여러 명의 똑같은 나부가 모습을 드러냈습니다. 그리고 그녀들은 분명 수영의 달인들이겠지요. 계속해서 몇 장(丈)65)이나 되는 수면을 향해 뛰어내리는 것입니다. 어떤 이는 거꾸로 머리를 흩날리고 어떤 이는 양팔로 자기 무릎을

---

65) 1장(丈) : 장(丈)은 길이의 단위로 10자, 즉 약 3미터에 상당한다.

껴안는 듯한 자세로 바싹 춤을 추면서, 또 어떤 이는 양손을 뻗고 활처럼 등을 구부린 채 갖가지 자태로, 바람에 지는 꽃잎 모양으로 검은 암벽을 날아내려 물보라를 일으키며 물속 깊숙이 가라앉는 것입니다.

그리고 수많은 인어들에게 둘러싸인 채, 두 마리의 백조는 조용히 가고자 했던 돌계단 아래에 도착했습니다. 가까이 가보니 몇백 계단인지도 모를 순백의 돌계단이 하늘을 압도하며 높이 솟아 있었는데 올려다보기만 해도 온몸이 근질근질 가려워지기만 합니다.

18

"저는 도저히 여기는 올라가지 못할 것 같아요."

치요코는 백조의 등에서 지상에 내려오자마자 겁에 질려 말했습니다.

"뭘 그래? 생각만큼 무섭지 않다니까. 내가 손을 잡아 끌어당겨 줄 테니 올라와 봐, 절대 위험하지는 않으니까."

"그래도…."

치요코가 주저하는 사이에도 히로스케는 별로 신경 쓰지 않고 돌계단을 오르기 시작했습니다. 그리고 '어' 하는 사이에 벌써 20계단이나 올라가 버렸습니다.

"거 봐. 전혀 무섭지 않잖아. 자 이제 조금만 더 가면 돼."

그렇게 두 사람은 한 계단 한 계단 올라갔던 것입니다. 그런데 이상하게도 얼마 후 정상까지 올라가보니, 아래에서 바라보았을 때에는 몇백 계단인지도 모르게 하늘까지 다다를 것 같았던 것이 실제로는 백 계단도 채 안 될 뿐만 아니라 결코 그리 높은 것도 아니라는 것을 알았습니다. 그것이 어째서 그렇게 보였는지 겁에 질려 생긴 착각이라 하기에도 너무나 그 차이가 심해서 치요코는 이상해서 견딜 수가 없었습니다. 나중에야 안 사실이지만 방금 해저에서 아귀를 태고의 괴물이라고 잘못 본 것과 같은, 마치 그와 비슷한 환각이 이 섬 전체에 가득 넘쳐 있었던 것이었는데, 그러한 이유로 더욱더 이 경치가 아름답게 느껴지는 것이었습니다. 그리고 지금 계단 높이의 차 등도 그 하나로 계산할 수 있었습니다. 그녀는 그러나 그것이 어떤 이유에 의한 것인지 히로스케에게 자세한 설명을 들을 때까지는 전혀 몰랐던 것입니다.

거기에는 좁은 잔디밭이 경사지어 있었고, 그곳을 내려오면 길은 곧바로 울창한 삼림으로 이어집니다. 돌아보면 거대한 배 모양을 한 계곡이 새카만 입을 벌리고 있었고, 그 우울한 낭떠러지 아래에는 지금 그들을 실어 나른 두 마리의 백조가 새하얀 휴지조각 같이 떠 있는 모습이 어쩐지 불안하게 보입니다. 그리고 전방은 또다시 음습한 어두움의 숲입니다. 이 두 개의 특이한 풍경 사이를 나누는, 이 얼마 안 되는 잔디밭은, 만춘의 오후 햇살을 가득 받아 새빨갛게 불타오르고 아지랑이에 흔들리는 잔디밭 위를 하얀 나비가 낮게 어지러이 날고 있습니다. 치요코는 이 기이한 대상에 어떤 부자연스러운 아름다움이라고 하는 것을 느낄 수밖에 없었습니다. 아무튼 그들은 지금, 계단을 다 오른 높은 곳에서 그들이 가려는 곳을 바라보았습니다.

한없이 넓게 펼쳐진 오래된 삼나무의 큰 삼림은 떼구름이 뭉게뭉게 솟아오르는 모양으로 나뭇가지를 서로 교차시키며 잎에 잎이 겹치고 있습니다. 양지는 노란빛으로 빛나고 응달은 심해의 물처럼 거무칙칙하게 괴어 있었는데 그것이 신기한 얼룩무늬 모양을 나타내고 있습니다. 그리고 이 숲이 굉장한 것은 잔디밭에 서서 가만히 그 모든 모양을 바라다보는 동안에 천천히 보는 사람의 마음에 어떤 이상한 감정이 솟아오르는 점이었습니다. 그런 감정을 일으키게 하는 것은 하늘을 덮고 짓눌려오는 듯한 숲의 웅장함에도 있을 것입니다. 또는 싹트기 시작한 어린잎에서 발산하는 그 압도적인 짐승의 향기에도 있을 것입니다. 그러나 그 밖에도, 주의 깊은 관찰자라면 숲 전체에 가해진 악마의 작위라고도 할 수 있는 사실을 결국에는 깨달을 것임에 틀림없습니다. 그것은 이 큰 삼림의 모든 형태가 정말 이상한 어떤 요마(妖魔)의 모습을 드러내고 있기 때문입니다. 몹시 예민하게 작위의 흔적을 숨겨 두었기 때문에 그것은 극히 어슴푸레 식별할 수밖에 없지만 어슴푸레하면 어슴푸레할수록 오히려 그 공포는 깊이와 크기를 더해가는 것 같습니다. 아마 이 숲은 자연 그대로의 숲이 아닌 극도로 대대적인 인공이 가미된 것이라고나 할까요?

치요코는 이들 풍경을 보면서 그녀의 남편 겐자부로의 마음속에 이런 무서운 취미가 숨겨져 있었다고는 도저히 생각할 수 없었습니다. 그렇게 지금 그녀와 나란히 아무렇지도 않게 멈춰서 있는, 남편과 닮은 한 남자를 의심하는 마음은 더욱더 깊어져만 갔습니다. 그러나 그녀의 이상한 심리를 뭐라고 해석해야 할까요? 그녀는 시시각각으로 깊어지는 무시무시한 의혹과 동시에, 한편으로 이 정체를 알 수 없는 인물에 대한 사모의 정 또한 점점 참기 어려운 것으로 생각되기 시작하는 것이었습니다.

"치요, 당신은 무엇을 멍하니 생각하고 있는 거야? 당신 또 이 숲을 무서워하고 있는 것은 아니지? 전부 내가 만든 거라니까. 전혀 두려워할 필요 없어. 자 저기 나무 아래에 우리의 온순한 하인이 우리가 오기만을 고대하고 있다고."

히로스케의 목소리에 문득 쳐다보니, 수풀 입구에 있는 한 그루의 삼나무 밑에 누군가 타다 버린 것인지 윤기 있는 털의 아름다운 나귀 두마리가 줄에 매인채 열심히 풀을 뜯고 있습니다.

"우리, 이 수풀에 들어가야 하나요?"

"어, 그렇고말고. 아무것도 걱정할 필요 없다고. 이 나귀가 안전하게 우리를 안내해 줄 테니까."

그렇게 둘은 장난감 같은 나귀 등에 걸터 앉아 그 깊이를 알 수 없는 어둠의 숲을 향해 들어가기 시작했습니다.

숲속에서는 여러 겹으로 나뭇잎이 겹쳐 있어 하늘을 볼 수는 없지만 완전히 깜깜한 것은 아닌, 해질녘의 희미한 미광이 연무처럼 자욱이 끼어 있어 앞이 아예 안 보일 정도는 아닙니다. 거목의 줄기는 큰 절의 둥근 기둥처럼 늘어서 있고, 그 기둥머리와 기둥머리를 파란 잎의 아치가 잇고 있으며 발밑에는 융단 대신 삼나무 낙엽이 두껍게 깔려 있습니다. 숲속의 모습은 마치 이름 있는 큰 사원의 예배당과 비슷했는데, 그보다도 몇 배는 더 신비스럽고 현묘하게 느껴지는 것입니다.

그렇다 해도 이 숲의 아랫길의 조화와 균형은 천연적인

계획으로는 도저히 감당할 수 있는 것이 아닙니다. 예를 들어 넓고 아득한 대삼림(大森林)이 모두 삼나무 거목으로만 만들어져 있고, 그 외에 한 그루의 잡목이나 한 포기의 잡초도 보이지 않습니다. 수목의 간격과 배치에도 숨겨진 주의가 구석구석까지 미쳐 있어 기묘한 아름다움을 자아내고 있고, 그 아래를 지나는 좁은 길의 곡선이 정말 기이하게 구불구불하게 만들어져 있어 지나가는 사람의 마음에 일종의 이상 야릇한 감정을 갖게 하는 것 등은 분명히 자연을 능가하는 작가의 창의를 말해 주고 있습니다. 아마 그 나뭇잎 아치의 보기 좋은 균형이나 낙엽 마루를 밟는 기분에도 모두 주의 깊은 인공미가 가미되어 있는 것이 아닐까요?

주인을 태운 두 마리의 나귀는 낙엽의 깊이에 전혀 발소리도 내지 않고 조용히 어두운 나무 그늘에 다다릅니다. 짐승도 새도 울지 않고 죽음 같은 그윽함과 고요함이 숲 전체를 차지하고 있습니다. 그러나 이윽고 깊은 숲속을 향해 나아감에 따라 그 정막함을 한층 두드러지게 하기 위해서인지 보이지 않는 머리 위의 우듬지[66] 근처에서 우듬지가 서로 부딪히는, 바람 소리라고도 착각할 정도의 둔감한 음향이,

---

66) 우듬지 : 나의 꼭대기 줄기, 말초.

마치 파이프 오르간 소리와 닮은 기이한 음악이, 유현(幽玄)[67]한 곡조로 오싹하게 들리기 시작합니다.

두 사람의 보잘 껏 없이 작은 인간은 나귀의 등 위에서 머리를 늘어뜨리고 서로 한 마디의 말도 하지 않습니다. 치요코는 문득 얼굴을 들어 입을 움직이려 하다가 그대로 다시 고개를 숙였습니다. 아무 생각이 없는 나귀는 묵묵히 앞으로 나아갑니다.

다시 얼마간 가니 숲의 모습이 조금씩 바뀌는 것을 알게 됩니다. 지금까지 한결같이 어두컴컴한 숲속에 어딘가로부터 은색의 빛이 비치기 시작했습니다. 낙엽이 반짝반짝 빛나고 보이는 거목의 줄기마다 절반만 눈부시게 비쳐지고 있습니다. 절반은 은색으로 빛나고 절반의 칠흑의 큰 둥근 기둥이 눈에 보이는 만큼 계속 이어지는 광경은 정말 **훌륭했습니다**.

"이제 숲이 끝나는 것인가요?"

치요코는 꿈에서 깬 것처럼 잠긴 목소리로 물었습니다.

"아니아니, 저 건너편에 늪이 하나 있는데, 우리는 곧 그

---

[67] 유현(幽玄) : 이치나 아취(雅趣)가 알기 어려울 정도로 깊고 그윽하며 미묘한 것.

쪽으로 나가게 될 거라구."

 그리고 그들은 곧 그 늪 부근에 이르렀습니다. 늪은 그림에서만 볼 수 있는 도깨비불 모양으로 한쪽의 기슭은 둥글고 반대 기슭은 불길 같은 세 개의 깊고 잘록한 부분으로 이루어져 있었고 그곳은 수은처럼 무거운 물을 가득 채우고 있습니다. 움직이지 않는 수면에는 대부분 검푸른 오랜 삼나무의 그림자를 드리우고 있으며, 일부에 약간의 파란 하늘을 비추고 있습니다. 거기에는 더이상 방금 전의 음악소리도 들리지 않았습니다. 모든 것이 침묵하고 모든 것이 정지하고 만상은 깊은 잠에 빠지는 것입니다.

 두 사람은 그 정적을 깨지 않겠다는 듯이 조용히 나귀에서 내려 아무 말 없이 물가로 다가섰습니다. 저편 기슭의 돌출부분에는, 이 수풀에서의 유일한 예외로서, 몇 그루의 오래 된 동백나무가 각각 한 장(丈)정도 되는 짙은 녹색의 거죽에 점점이 피를 물들여 수많은 꽃을 피우고 있습니다. 그리고 놀랄 만한 것은 그 꽃 그늘의 살짝 어둑어둑한 빈터에 한 아름다운 소녀가 우유색 피부를 드러낸채 께느른히 누워 있는 것입니다. 이끼를 이불로 삼아 손으로 턱을 괸채 배를 깔고 누워 늪을 들여다보고 있습니다.

"어머나 저런 곳에…."

치요코는 엉겁결에 소리를 질렀습니다.

"쉿!"

히로스케는 소녀를 놀라게 하지 않으려고 신호를 보내 그녀의 소리를 멈추게 하는 것입니다.

소녀는 자신을 보는 사람이 있다는 것을 알고 있는지 모르는지 여전히 방심한 모습으로 늪의 표면을 정신없이 바라보고 있습니다. 수풀 속의 늪, 물가의 동백나무, 배를 깔고 누워 있는 아무 생각이 없는 소녀, 이 극히 단순한 배합이 얼마나 멋진 효과를 나타냈던 것일까요? 만일 이것이 우연이 아니라 의도된 구도라면 히로스케는 정말 뛰어난 화가라 하지 않을 수 없습니다.

두 사람은 오랫동안 물가에 서서 이 꿈같은 광경을 넋을 잃고 보고 있었는데, 그 오랫동안 소녀는 꼬고 앉았던 풍부한 다리를 한 번 다시 꼴 뿐, 질리지도 않고 께느른한 모습으로 계속 응시하고 있었습니다. 이윽고 히로스케가 치요코를 재촉하는 바람에 나귀에 타고 그곳을 떠나려고 할 때, 소녀의 바로 위에 피어 있던 눈에 띄게 커다란 동백꽃 한 송이가 마치 액체가 떨어지듯 '똑' 떨어져 소녀의 보동보동한 어깻죽지에서 미끄러져 늪의 물위에 떠있습니다. 하지만 그것이 너무 조용했기에 늪의 물도 알아차리지 못했는지 한 줄기의 파문도 그리지 않고 거울 같은 수면은 여전히 미동조차 하지 않았습니다.

20

 그리고 다시 두 사람은 잠시 동안 태고의 숲의 나무 그늘을 말을 타고 갔는데 숲의 깊이는 갈수록 끝을 알 수 없어서 어디로 가면 여기를 나올 수 있을지, 다시 처음 들어온 입구로 돌아간다고 하더라도 그 길을 알 수 없을 것 같은 느낌인지라, 그렇게 아무 생각 없는 나귀가 가는 대로 몸을 맡기는 것이 적잖이 불안하게 느껴지기 시작했습니다.
 그러나 이 섬의 풍경의 기이함은, 가는 듯 돌아가고 오르는 듯 내려가며 땅밑이 곧바로 산꼭대기이거나 광야가 순식간에 좁은 길로 변하거나 하는 등의 각종 다양한 마법과도 같은 설계가 되어 있다는 점입니다. 이 경우도, 숲이 가장 깊어지고 나그네의 마음에 말할 수 없는 불안이 싹트기 시작했을 무렵에는 그것이 오히려 숲도 얼마 안 있으면 끝난다는 것을 보여주고 있는 것이었습니다.
 지금까지는 적당한 간격을 유지했던 큰 나무들의 줄기가

깨닫지 못할 정도로 천천히 좁혀져 어느샌가 그것이 여러 겹의 벽을 이루며 빼곡한 틈도 없이 밀집되어 있는 곳으로 나왔습니다. 거기에는 더이상 푸른 나뭇잎의 아치 등은 없고 우거진 채로 내버려진 가지와 잎이 땅위까지 처져 있고 어둠은 한층 짙어져서 지척을 구분하기도 어려웠던 것입니다.

"자, 이제 나귀를 버리는 거야. 그리고 내 뒤를 따라와."

히로스케는 먼저 자기가 나귀에서 내려 치요코의 손을 잡고 그녀를 도와 내려준 뒤, 갑자기 전방의 어두운 곳을 향해 힘차게 돌진해 가는 것이었습니다. 나무줄기에 몸이 끼이고 가지와 잎이 앞을 가리며 길이 아닌 길에 숨어들면서 두더지처럼 나아가는 것입니다. 그리고 잠시 동안 이리저리 시달리는 동안 갑자기 뜨는 듯 몸이 가벼워져서 퍼뜩 정신을 차려보니 그곳은 이미 숲이 아닌 밝고 화창하게 빛나는 햇빛, 끝없이 펼쳐져 눈을 가로막는 사람도 없는 녹색의 잔디밭만 보일뿐 이상하게도 어디를 둘러보아도 그 숲 등은 자취도 보이지 않는 것이었습니다.

"어머나, 제가 좀 이상한 걸까요?"

치요코는 고통스럽게 관자놀이를 누르며 구원을 요청하는 듯이 히로스케를 뒤돌아보았습니다.

"아냐, 당신 머리 탓이 아니야. 이 섬의 나그네는 항상 이런 식으로 하나의 세계에서 다른 세계로 발을 들여놓는 거야. 나는 이 작은 섬 속에 몇 개의 세계를 만들고자 기획했었지. 당신은 '파노라마(panorama)[68]'라는 것을 알고 있나? 일본에서는 내가 아직 초등학생 때 크게 유행한 하나의 구경거리거든. 구경은 일단 좁고 캄캄한 통로를 통과해야 해. 그리고 그곳을 나와 확 시야가 트이면 거기에 하나의 세계가 있는 거야. 지금까지 구경꾼들이 생활하고 있던 것 과는 전혀 다른 하나의 완전한 세계가 눈에 보이는 한 아득히 이어지고 있는 거라구. 이 얼마나 깜짝 놀랄 기만이란 말인가! 파노라마 관 밖에는 전차가 달리고 행상인의 포장마차가 이어지고 상가의 처마가 즐비하게 늘어서 있지. 그곳을 어제도 오늘도 내일도 마찬가지로 끊임없이 마을 사람들이 마주 스쳐가고 있어. 상가 처마가 잇닿은 데에는 내 자신의 집도 보인다구. 그런데 일단 파노라마 관 속에 들어가면 이것들이 죄다 사라져 버리고 넓디넓은 만주(滿洲) 평야가 아득히

---

[68] 파노라마(panorama) : 반원형으로 활 모양으로 굽은 배경화 등의 앞에 입체적인 모형을 배치하여 조명에 의해 넓은 실제 경치를 보고 있는 느낌을 주는 장치. 일본에서는 메이지(明治) 23년(1890년) 우에노 공원에서 처음으로 공개되었다.

지평선 저편까지도 이어지고 있는 것이 아닌가! 그리고 거기에는 보기만 해도 무시무시한 피투성이의 전투가 벌어지고 있는 거야."

히로스케는 잔디가 나 있는 벌판의 아지랑이를 어지럽히며 걸으면서 계속 이야기했습니다. 치요코는 꿈을 꾸는 듯한 황홀한 기분으로 연인 뒤를 따라갑니다.

"건물 밖에도 세계가 있어. 건물 안에도 세계가 있고. 그리고 두 개의 세계가 각각 다른 땅과 하늘과 지평선을 지니고 있어. 파노라마 관(館) 밖에는 확실히 평소 눈에 익은 시가지가 있었어. 그것이 파노라마 관(館) 속에서는 어느 쪽을 바라보아도 그림자조차 없이 만주 평야가 아득히 지평선 저편까지 계속되고 있는 거야. 즉 거기에는 같은 땅 위에 평야와 시가지라는 이중의 세계가 있어. 적어도 그런 착각을 일으키게 하는 거지. 그 방법은 당신도 알고 있는 대로 경치를 그린 높은 벽으로 관람석을 둥글게 둘러싸고 그 앞에 진짜 흙이랑 수목이랑 인형을 장식해서 진짜와 그림의 경계를 가능한 한 분간할 수 없게끔 하고 천장을 감추기 위해 관람석의 차양을 깊숙하게 만드는 거야. 그냥 그렇게만 하면 되는 거야. 나는 언젠가 이 파노라마를 발명한 프랑스인의 이야기를 들은 적이 있는데 그것에 의하면 적어도 최초 발명한 사람의 의도는 이 방법에 의해 하나의 새로운 세계를 창조하는 데 있었던 것 같아. 마치 소설가가 종이 위에, 배우가 무대 위에, 각각 하나의 세계를 만들어내려고 하는 것처럼 그 또한 그 특유의 과학적 방법에 의해 저 작은 건물 속에 넓고 아득한 별세계를 창작하려고 시도한 것임에 틀림없다는 거야."

그리고 히로스케는 손을 들어 아지랑이와 풀숲에서 풍기는 열기 저편에 낀 녹색의 광야와 푸른 하늘의 경계를 가리켰습니다.

"이 넓은 잔디가 나 있는 들판을 보고 당신은 뭔가 기이한 느낌을 받지 않았어? 바로 그 작은 '오키노시마' 위에 있는 평야로서는 너무 지나치게 넓다고는 생각하지 않았어? 봐! 저 지평선 있는 데까지는 확실히 수 마일의 거리가 있어. 사실은 지평선의 아득히 멀리 앞에 바다가 보일 거야. 게다가 이 섬 위에는 지금 지나온 숲과 여기에 보이는 평야 외에 하나하나가 수 마일씩 되는 각종 다양한 풍경이 만들어져 있어. 그러면 오키노시마의 넓이가 M현(県) 전체 정도의 넓이라고 해도 조금 부족하지 않을까? 당신은 내가 말하는 의미를 알려나? 다시 말하면 나는 이 섬 위에 몇 개의 각각 독립된 파노라마를 만들었던 거야. 우리는 지금까지 바다 속이나 산골짜기 밑 그리고 삼림의 어둑어둑한 길만 지나왔었잖아. 그것은 파노라마 관(館) 입구의 암도(暗道, 비밀 통로)에 해당할지도 몰라. 지금 우리는 봄의 햇빛과 아지랑이와 풀숲에서 풍기는 훗훗한 열기 속에 서 있는 거라구. 이것은 그 암도(暗道, 비밀 통로)를 나왔을 때의 꿈에서 깬 듯한 쾌활한 기분에 어울리지 않을까? 그리고 이제부터 우리는 드디어 내 파노라마 나라에 들어가는 거야. 하지만 내가 만든 파노라마는 보통 파노라마 관처럼 벽에 그린 그림이 아니야. 자연을 일그러뜨리는 구릉의 곡선과 주의 깊은 광선의 안배(按排)69)와 초목 암석의 배치에 의해 능숙하게 인공의 흔적을 감추고 생각하는 대로 자연의 거리를 늘이거나 줄인 거지. 한 예를 들어 본다면 지금 빠져나온 저 대 삼림말인데 저 숲의 진짜 넓이를 말해봤자 당신은 절대로 사실 그대로 믿지 않을 거야. 그만큼 좁아. 저 길은 그것이라고 깨닫지 못하는 교묘한 곡선을 그려 몇 번이고 몇 번이고 되돌아오고 있는 것이고, 좌우로 보이던 끝없는 삼나무 숲

---

69) 안배(按排) : 알맞게 잘 배치하거나 처리하는 것.

은 당신이 믿었던 것처럼 전부 같은 거목이 아니라 멀리 있는 것은 불과 높이가 한 간(間)70) 정도의 작은 삼나무 묘목 숲이었는지도 몰라. 광선의 안배로 그것을 전혀 모르게 하는 것은 별로 어려운 일도 아니야. 그 전에 우리가 올라간 하얀 돌계단도 마찬가지야. 밑에서 올려다보았을 때는 구름가교처럼 높게 보였는데 실은 백 단(段) 정도밖에 안 돼. 당신은 아마 알아차리지 못했겠지만, 저 돌계단은 연극의 가키와리(書割)71)처럼 윗부분으로 갈수록 좁아지는데다가 계단 하나하나도 알아차리지 못할 정도로 위로 갈수록 높이와 (안쪽에서 뒤끝까지의) 거리, 길이가 짧게 만들어져 있어. 그것에 양쪽 암벽의 경사에 어떤 고안이 가해져서 밑에서는 저렇게 높게 보이는 거야."

그러나 그런 트릭(속임수)을 밝히는 설명을 들어도 환영의 힘이 너무나도 강해서 치요코의 마음에 새겨진 불가사의한 인상은 조금도 사그라지지 않았습니다. 그리고 실제로 눈앞에 펼쳐져 있는 끝없는 광야는 그 끝은 역시 지평선의

---

70) 간(間) : 길이의 단위인데 한 간은 여섯 자로 대략 1.81818m에 해당한다.

71) 가키와리(書割) : 무대 장치의 하나. 나무로 만든 틀에 종이나 천을 끼워 건물이나 풍경 등을 그려 배경으로 하는 것.

저편으로 사라졌다고밖에 생각할 수 없었던 것입니다.

"그럼 이 평야도 실제는 그런 식으로 좁은 것일까요?" 그녀는 반신반의의 표정으로 물었습니다.

"그렇고말고. 알아차리지 못할 정도의 경사로 주위가 높아져 있고 그 뒤의 여러 가지를 숨기고 있는 거지. 하지만 좁다고 해도 지름 5, 6정(町)은 될 거야. 그 보통의 넓은 공터를 더욱 더 효과적으로 보일 수 있도록 끝이 없게 만든 것뿐이야. 그러나 단지 그 정도의 기분전환으로 이 얼마나 멋진 꿈을 만들어낸 것이란 말인가! 당신은 지금 설명을 듣고 나서도 이 대평원이 단지 5, 6정(町)의 공터에 지나지 않는다고는 도저히 믿어지지 않을 거야. 작가인 나조차도 지금 이렇게 아지랑이 때문에 파도처럼 흔들리는 지평선을 바라다보고 있으면 진짜 끝도 모르는 광야 속에 내버려진 것 같이 말로 잘 표현할 수 없는 불안함과 이상하게 달콤한 애수를 느낄 수 밖에 없어. 끝없이 펼쳐져 있고 아무 것도 가리는 것도 없는 하늘과 풀이 우리에게는 지금 이것이 전 세계인 것이야. 이 초원은 말하자면 '오키노시마' 전체를 덮고 멀리 I 만에서 태평양으로 펼쳐져서 그 끝은 저 푸른 하늘에 연결되어 있어. 서양 명화라면 여기에 엄청난 수의 양떼

와 목동이 그려져 있을 테지. 혹은 또 저 지평선 근처를 집시 무리가 장사진을 이루고 묵묵히 걸어가는 곳이라고도 상상할 수 있고, 그들이 얼굴 한쪽에 석양을 받아 몹시 긴 그림자가 잔디가 나 있는 벌판 위를 조용히 움직여 걸어간다고도 할 거야. 다만 보기에는 사람 한 명도 동물 한 마리도 단 한 그루의 고목도 보이지 않아. 녹색의 사막 같은 이 평야는 그런 명화보다도 한층 우리를 감동시키지는 않을까? 어떤 유구한 것이 무시무시한 힘으로 우리에게 다가오지는 않을까?"

치요코는 조금 전부터 파랗다고 하기보다는 오히려 잿빛으로 보이는 넓디 넓은 하늘을 바라다보고 있었습니다. 그리고 여느 때와 달리 눈꺼풀에 넘쳐흐르는 눈물을 감추려고도 하지 않았습니다.

"이 잔디 벌판에서 길이 두 개로 갈라져 있어. 하나는 섬 중심 쪽으로, 또 하나는 그 주위를 둘러싸고 나란히 있는 몇 개의 경치 쪽으로. 진짜 목적지로 가는 길은 먼저 섬 주위를 일순하고 마지막으로 중심으로 들어가는 것이지만 오늘은 시간도 없고 이들 경치는 아직 완전히 완성된 것도 아니니까 우리는 여기에서 곧장 중심에 있는 화원 쪽으로 나가기로 합시다. 거기가 가장 당신 마음에도 들 거야. 다만 이 평야에서 곧장 화원으로 이어지면 너무 싱겁다는 생각이 들지도 몰라. 나는 다른 몇 개의 경치에 관해서도 그 개략적인 내용을 당신에게 이야기해 두는 편이 낫다는 생각이 들었어. 화원으로 가는 길에서는 아직 2, 3정이나 남아 있으니 이 잔디밭을 걸으면서 이들 이상한 경치에 관해 당신에게 전달하기로 하지.

당신은 정원 가꾸기에서 말하는 토피어리(topiary)[72]라는 것을 알고 있을까? 회양목과 사이프레스(측백나무의 변종) 등의 상록수를 혹은 기하학적인 형태로 혹은 동물이라든가 천체 등을 본떠서 조각처럼 깎아서 손질한 것을 말하는 거야. 하나의 경치에는 그런 각종 아름다운 토피어리가 끝도 없이 나란히 늘어서 있어. 거기에는 웅장한 것, 섬세한 것, 모든 직선과 곡선이 이리저리 엇갈리고 뒤섞여 이상한 오케스트라를 연주하고 있는 거야.

그리고 그 사이사이에는 예로부터 유명한 조각이 엄청난 무리를 이루고 밀집되어 있어. 게다가 그것은 모두 진짜 사

---

[72] 토피어리(topiary) : 기하학적 무늬나 동물 형태로 깎아 손질해 놓은 정원 또는 그렇게 손질하는 기법.

람들인 거지. 화석처럼 전혀 입을 열지 않는 나체 남녀의 일대 군집이지. 파노라마섬의 나그네는 이 광막(廣漠)한 들판에서 갑자기 거기로 들어가서 끝없이 이어지는 인간과 동물의 부자연스런 조각군을 접하고 숨이 콱콱 막히는 듯한 생명력의 압박을 느낄 거야. 그리고 거기에서 뭐라 말할 수 없는 기괴한 아름다움을 발견하는 거지.

또 하나의 세계에는 생명이 없는 철제의 기계만이 밀집되어 있어. 끝없이 쿵쿵거리며 회전하는 검은 괴물의 무리야. 그 원동력은 섬 지하에서 만들어내는 전기에 의한 것이지만 거기에 나란히 있는 것은 증기기관이라든가 전동기라든가 그런 흔해 빠진 것이 아니라 어떤 종류의 꿈에 나타날 것 같은 불가사의한 기계력의 상징인 것이야. 용도를 무시하고 대소를 거꾸로 한 철제기계의 나열인 거야. 작은 산 같은 실린더, 맹수 같이 으르렁거리는 큰 태양, 새까만 어금니와 어금니를 맞물리게 하는 큰 톱니바퀴의 쟁투, 괴물의 팔과 닮은 진동 레버, 미치광이 춤의 스피드 버너, 종횡무진으로 교착하는 회전축 막대, 폭포 같은 벨트의 흐름, 또는 베벨 기어, 옴 앤드 옴 휠, 벨트 플레이, 체인벨트, 사슬 톱니바퀴, 이것이 모두 새카만 거죽에 비지땀을 배어 나오게 하며, 미친놈처럼 무턱대고 회전하고 있어. 당신은 박람회 기계관을 본 적이 있나? 거기에는 기사나 설명하는 사람 그리고 지키는 사람 등이 있고 범위도 한 건물 안으로 한정되어 있어서, 기계는 모두 용도를 정해 만들어진 올바른 것뿐이지만, 내 기계의 나라는 광대하고 끝없이 보이는 하나의 세계가 무의미한 기계로 구석구석까지 덮여 있는 거야. 그리고 거기는 기계 왕국이니까 밖에 있는 사람들과 동식물 등은 온데간데없이 안 보이는 거야. 지평선을 덮고 저절로 움직이는 큰 기계의 들판, 거기에 들어간 작은 인간이 무엇을 느낄 것인가는 당신도 상상할 수 있을 거야.

그 밖에 아름다운 건축물로 채워진 큰 시가지나 맹수 독사 독초의 화원, 솟아나는 샘과 폭포의 흐름과 각종 물놀이를 나열한 물보라나 물안개의 세계 등도 이미 설계는 다 끝났어. 여느 때와 달리 이들 하나하나의 세계를 밤마다 꿈처럼 다 꾸고 나그네는 마지막에 소용돌이치는 오로라와 숨이 콱콱 막히는 향기, 만화경(万花鏡·萬華鏡)[73]의 화원과 화려

---

73) 만화경(万花鏡·萬華鏡) : 장난감의 하나로 원통 안에 여러 가지 물들인 유리 조각을 장치하고, 장방형의 유리판을 세모나게 짜 넣은 것인데 그 안을 들여다보면 각종 형상이 대칭적으로 나타난다.

한 조류와 장난치며 노는 사람의 몽환의 세계에 들어가는 거야. 하지만 내 파노라마섬의 안목은 여기에서는 보이지 않지만 섬 중앙에, 지금 건축 중인 큰 둥근 기둥 꼭대기에 있는 화원에서 섬 전체를 전망하는 경관에 있어. 거기에서는 섬 전체가 하나의 파노라마인 거야. 별도의 파노라마가 모여 다시 하나의 다른 파노라마가 만들어지는 거지. 이 작은 섬 위에 몇 개나 되는 우주가 서로 겹치고 엇갈리며 존재하는 거야. 그러나 우리는 이미 이 평야의 출구에 다 와 버렸어. 자 손 좀 줘봐, 우리는 다시 잠시 좁은 길을 지나가야 하니까."

넓은 들판의 어느 한 곳에 아주 가까이 다가가서 보지 않으면 알 수 없는 하나의 잘록한 부분이 있고, 닌자(忍者)의 길은 거기에 어스레하게 무성한 잡초를 밀어제치며 나아가게 되어 있습니다. 그 안에 내려서 잠시 가면 잡초는 더욱더 깊어지고 어느새 두 사람의 전신을 덮어 버려 길은 다시 형체도 분간할 수 없는 어둠으로 들어가는 것이었습니다.

21

 거기에는 어떤 이상한 장치가 설치되어 있었는지, 그렇지 않으면 또 그냥 치요코의 환각에 지나지 않았는지, 하나의 경치에서 얼마 안 되는 어둠을 지나 또 하나의 경치로 나타나는 것이 뭔가 이렇게 꿈같이 느껴져서 하나의 꿈에서 또 다른 꿈으로 옮겨질 때의 그 애매한, 바람을 타고 있는 것 같은, 그 사이에 의식을 전부 잃은 것 같은, 조금 이상한 기분이 들었습니다. 따라서 그 하나하나의 경치는 정말 평면을 달리 한, 예를 들어 삼차원 세계에서 사차원 세계로 비약이라도 한 것 같은 느낌으로 잠깐 생각하는 사이에 지금까지 보았던 동일한 지상이 형태나 색채, 냄새에 이르기까지 전혀 다른 것으로 변해 있었습니다. 그것은 진짜 꿈의 느낌이거나 그렇지 않으면 활동사진의 이중 밀착의 느낌입니다.
 그리고 지금 두 사람의 눈앞에 나타난 세계는, 히로스케는 그것을 화원이라고 부르고 있지만, 일반적으로 화원이라는 글자에서 연상되는 어떤 것이 아니라 잿빛의 흐릿한 하늘과 그 아래에 이상한 큰 파도처럼 기복하는 언덕 표면 일면에 봄의 온갖 꽃으로 문드러져 있는 것에 지나지 않는 것입니다. 그러나 너무나도 큰 규모와 하늘색으로부터 언덕 곡선과 백화의 난잡함에 이르기까지 죄다 자연을 무시한, 뭐라고 형용할 수 없는 인공의 미로 인해 그 세계에 발을 들여놓은 사람은 잠시 동안 망연히 멈춰 설 수밖에 없었던 것입니다.

일견 단조롭게 보이는 이 경치 속에는 뭔가 인간계를 떠나, 예를 들어 악마의 세계에 들어온 듯한, 이상한 느낌을 머금고 있었습니다.

"당신, 어디 아파? 현기증이 나는 거야?"

히로스케는 놀라서 금방 쓰러질 듯한 치요코 몸을 부축해 주었습니다.

"네. 뭐랄까, 머리가 아파서요…."

숨이 막힐 듯한 향기가, 가령 땀이 밴 인간의 육체에서 발산하는 이상한 냄새와 비슷하지만 결코 불쾌하지 않은 향기가, 먼저 그녀의 머릿속을 마비시킨 것입니다. 더구나 이상한 꽃의 산들의 무수한 곡선의 교착이, 마치 작은 배 위에서 거꾸로 소용돌이치는 거친 파도를 보는 것처럼 무서운 기세로 그녀를 향해 밀어닥치는 것이 아닐까 의심스럽습니다. 결코 움직이지는 않습니다. 하지만 그 움직이지 않는 언덕이 겹쳐 있는 곳에는 고안자의 왠지 기분 나쁜 간계가 숨어 있다고밖에 생각할 수 없습니다.

"저, 왠지 무서워요."

잠시 몸을 가눈 치요코는 눈을 가리는 듯한 모습으로 간신히 말을 꺼냈습니다.

"뭐가 그렇게 무서운 거야?"

히로스케는 입가에 희미한 웃음을 띠우며 물었습니다.

"왠지 모르겠어요. 이렇게 꽃에 싸여 있는데 저는 더할 나위 없이 쓸쓸한 생각이 들어요. 와서는 안 될 곳에 온 듯한, 봐서는 안 되는 것을 보는 듯한 기분이에요."

"그것은 분명 이 경치가 너무 아름다워서 그럴 거야." 히로스케는 아무렇지도 않은 듯 대답했습니다.

"그것보다도 저기 좀 봐봐. 우리를 맞이하기 위해 사람들이 왔으니까."

한 꽃 산의 그늘진 곳에서 마치 축제 행렬과 같이 사뿟사뿟 한 무리의 여자들이 나타났습니다. 아마 몸 전체를 화장한 것이겠지요? 푸르스름한 하얀 색 육체의 오목하고 볼록한 부분에 맞춰 보랏빛으로 바림되어 있는, 그러기에 한층 음영이 많아 보이는 나체가 배경인 새빨간 꽃 병풍 앞에 계속해서 떠오르는 것입니다.

그녀들은 번질번질 기름기가 돌며 억세 보이는 다리를 춤추듯 움직이고 검은 머리를 어깨에 물결처럼 굽이치게 하며 새빨간 입술을 반달 모양으로 열고 두 사람 앞에 가까이 다가와서 말없이 수상한 원진(円陣)을 만드는 것이었습니다.

"치요코, 이것이 우리가 탈것이야."

히로스케는 치요코의 손을 잡고 몇 명의 나부에 의해 만들어진 연화대(蓮華座)74) 위에 밀어올리고는 자신도 그 뒤를 따라 치요코와 나란히 육체의 의자에 자리 한켠을 차지했습니다.

인육의 꽃잎은 열린 채 그 중앙에 히로스케와 치요코를 싸고 꽃 산들을 돌기 시작합니다.

치요코는 눈앞의 세계의 기이함과 나부들의 지나친 무감동에 현혹되어 어느덧 이 세상의 부끄러움을 잊어버렸습니다. 그녀는 무릎 아래에 오르락내리락하는 토실토실 살진

---

74) 연화좌(蓮華座) : 연꽃 모양으로 만든 불상의 자리.

복부의 너무나도 부드러운 느낌을 오히려 상쾌하다고 조차 느끼고 있었습니다.

언덕과 언덕 사이의, 골짜기라고도 할 만한 부분에, 좁은 길은 몇 차례나 구부러지면서 계속되었습니다. 그 나부들의 맨발이 짓밟는 곳에도 언덕과 같이 백화가 뒤섞여 활짝 피어 있습니다. 육체의 부드러운 스프링 장치 위에 푹신푹신한 이 꽃 융단은 그들의 탈것을 한층 매끈하고 편안하게 만들어 주었습니다.

그러나 이 세계의 아름다움은 끊임없이 그들의 코를 찌르는 이상한 향기보다도 잿빛으로 흐려 있는 이상한 하늘색보다도 언제 시작된지도 모르는 봄의 산들바람처럼 그들 귀를 즐겁게 만들어 주는 기묘한 음악보다도 혹은 천자만홍(千紫万紅)[75], 다양한 꽃의 벽보다도 그 꽃에 싸인 산들이 말할 수 없는 신기한 곡선을 이루고 있었습니다. 인간은 이 세계에서 비로소 곡선이 나타낼 수 있는 아름다움을 깨달은 것이겠지요. 자연의 산악과 초목과 평야와 인체의 곡선에 익숙한 인간의 눈은 여기에서 그것들과는 전혀 다른 곡선의 교착을 보는 것입니다. 어떤 미녀의 허리 부분의 곡선도 혹

---

75) 천자만홍(千紫万紅) : 각양각색의 꽃의 색채 또는 그 꽃.

은 어떤 조각가의 창작도 이 세계의 곡선미에는 비교할 수 없습니다. 그것은 자연을 그려낸 조물자가 아니라 그것을 공격하여 멸망시키려고 꾀하는 악마만이 그려낼 수 있는 선이었는지도 모릅니다. 어떤 사람은 이들 곡선이 겹치는 것에서 이상한 성적 압박을 느끼겠지요. 그러나 그것은 결코 현실적인 감정을 수반하는 것은 아닙니다. 우리는 악몽 속에서만 종종 이런 종류의 곡선을 사랑하는 적이 있습니다. 히로스케는 이 꿈의 세계를 현실의 흙과 꽃으로 그려내려고 시도한 것임에 틀림없습니다. 그것은 숭고하다기보다 오히려 오예(汚穢)[76]하고, 조화적이라기보다는 오히려 난잡하여 그 하나하나의 곡선과 거기에 곪아 문드러진 백화의 배치는 쾌감은 커녕 더욱 끝없는 불쾌감을 주기조차 합니다. 그러면서도 그 곡선들에게 주어진 불가사의한 인공적 교착은 추함을 금할 수 없고 불협화음만을 내는 기이하게 아름다운 대(大) 관현악을 연주하고 있는 것이었습니다.

또 이 풍경 작가의 이상한 관심은 나부의 연화대가 지나가는 곳 골짜기의 꽃의 좁은 길이 만드는 곡선에까지 구석구석 미치고 있었습니다. 거기에는 곡선 그 자체의 아름다

---

76) 오예(汚穢) : 지저분하고 더러운 것.

움이 아니라 곡선을 따라 운동하는 것이 느끼는, 말하자면 육체적 쾌감이 계획되어 있었습니다. 혹은 느슨하게 혹은 급각도로 혹은 올라가거나 혹은 내려가거나 길은 상하좌우로 갖가지 아름다운 곡선을 그렸습니다. 그것은 예를 들어 공중에서 비행기 조종사가 경험하는 듯한, 또 우리가 꾸불꾸불한 잿길을 달리는 차 안에서 느끼는 곡선 운동의 쾌감이 더욱더 완만하게, 또한 미화된 것이라고 말하면 될까요?

가끔 오르막은 있지만 길은 조금씩 어떤 중심점을 향해 내려가는 것처럼 보였습니다. 그리고 이상한 향기와 땅 밑에서 울려 퍼지는 음악과는 더욱 그 도를 높여 결국에는 그들의 코도 귀도 그 아름다움에 무감각하게 해 버릴 정도로 끊임없이 계속되는 것이었습니다.

어쩌면 골짜기는 넓디넓은 화원으로 펼쳐지고 그 저편에 하늘로 가는 가교처럼 꽃의 산이 솟아 있고 그 망막한 사면에 요시노 산(吉野山)[77]의 많은 벚꽃이 피어 구름처럼 보이는 것의 몇 배나 되는 괴이한 광경을 전개했습니다. 그리고 더욱 놀라운 것은 그 사면과 광야의 무지개 같은 꽃을 헤치고, 점점이 수십 명의 나체 남녀의 무리가 먼 곳에 있는 것

---

77) 요시노 산(吉野山) : 일본 나라(奈良)현(縣) 중앙부에 있는 명산.

이 흰콩처럼 작고 희희낙락해하며 아담과 이브의 술래잡기를 하고 있었습니다. 산을 달려 내려가서 들을 가로지르고 검은 머리를 바람에 나부끼는 한 여자가 그들로부터 한 간 정도 있는 데까지 와서 털썩 쓰러졌습니다. 그러자 그녀를 좇아온 한 아담이 그녀를 안아 일으켜서 그의 넓은 가슴 앞에 일자로 안고는, 안은 사람도 안긴 사람도 이 세계에 가득한 음악에 맞추어 소리 높이 노래 부르면서 가만히 저편으로 떠나갔습니다.

또 어떤 곳에는 좁은 골짜기 길을 덮고, 아치처럼 흰 반점이 생기는 피부병에 걸린 유칼리(eucalyptus)[78]의 거목이 팔을 뻗고 있고 그 가지가 휘어지도록 나부의 과실이 열려 있었습니다. 그녀들은 두꺼운 가지 위에 몸을 눕히거나 혹은 양손으로 매달려서 바람에 가볍게 흔들리는 나뭇잎처럼 목과 손발을 흔들면서 역시 이 세계의 음악을 합창하고 있습니다. 나부의 연화대는 그 과실 아래를 전혀 무관심하게 조용히 대오를 지어 행진해 가고 있었습니다.

연장해서 십리(十里)는 족히 될 것 같은 각양각색의 꽃의 경치, 그 사이에 치요코가 경험한 이상한 감정, 작가는 그것

---

78) 유칼리(eucalyptus) : 오스트레일리아 원산의 방향이 있는 상록 거목.

을 단지 꿈이라고만 혹은 극히 아름다운 악몽이라고 밖에 형용할 수 없습니다.

그리고 마침내 그들은 거대한 꽃의 절구 바닥에 옮겨졌습니다.

그곳 경치의 괴이함은 절구 가장자리에 위치하는 사방의 산꼭대기로부터 미끈미끈하고 반질반질한 꽃의 경사면을 따라 순백의 육체가 경단처럼 염주처럼 줄줄이 엮어져서 굴러 떨어지고 그 바닥에 가득 담긴 욕조 속에 물보라를 일으키고 있었습니다. 그리고 그녀들은 절구 바닥의 수증기 속을 철벅철벅 뛰어 돌아다니며 화창한 노래를 합창합니다.

언제 옷이 벗겨졌는지 거의 정신없는 사이에 치요코 등도 화려한 목욕 손님들에 섞여 상쾌한 목욕물에 몸을 담그고 있었습니다. 부자연스러운 옷을 걸치고 있는 것이 오히려 부끄러워지는 이 세계에서는 치요코도 그녀 자신의 나체를 거의 신경 쓰지 않고 있을 수 있었습니다. 그리고 그들을 태운 나부들은 여기에서도 글자 그대로 연화대의 역할을 다하고 길게 엎드려 누워, 목 아랫부분을 목욕물에 담군 두 명의 주인을 그녀들의 육체로 지탱해야 했습니다.

그러고 나서 말로 표현할 수 없는 일대 혼란이 시작되었습니다. 육체의 급류는 더욱 더 그 수를 더하고 각양각색의 꽃은 짓밟히고 발에 채여 흩어지고 눈에 보이는 모든 것이 눈보라처럼 벚꽃이 흩어져 떨어지고 그 꽃잎과 수증기와 물보라가 자욱이 뒤섞인 속에 나부의 육체는 살과 살을 맞대고 문지르며 통 속의 토란(芋)79)처럼 뒤죽박죽이 되어 어지러워서 숨이 곧 끊어질 듯이 합창을 계속하며 사람의 쓰나미(해일)는 오른쪽이나 왼쪽으로 밀치락달치락하고, 그 한가운데에 모든 감각을 잃어버린 손님 두 명이 송장처럼 떠돌며 표류하는 것이었습니다.

---

79) 토란(芋) : 일본어의 「이모(芋)」는 감자·고구마·토란 등의 총칭인데 여기에서는 토란으로 번역해 둔다.

22

 그렇게 어느 틈엔가 밤이 되었습니다. 잿빛이었던 하늘은 소나기구름의 흑색으로 바뀌고 백화가 뒤섞여 활짝 피어 있던 요염한 언덕들도 지금은 바다에 사는 엄청난 요괴처럼 솟아 있고, 바로 그 소란스러운 인육의 쓰나미나 합창도 썰물처럼 사라져 버리고 밤눈에도 희읍스름하게 떠오르는 수증기 안에는 히로스케와 치요코 단 두 사람만이 남겨졌습니다. 그들의 연화대를 맡은 여자들도 문득 정신을 차리고는 더 이상 그림자도 형태도 보이지 않습니다. 게다가 이 세계를 상징하는 것처럼 보였던, 바로 그 조금 이상하고 요염한 음악도 꽤 오래 전부터 들리지 않습니다. 끝없는 어둠과 함께 황천의 정적이 전 세계를 차지하고 있었습니다.
 "어머나"
 간신히 제정신이 든 치요코는 몇 차례나 되풀이한 감탄사를 다시 한번 되풀이하지 않을 수 없었습니다. 그리고 '후

유' 하고 숨을 쉬자 지금까지 잊고 있었던 공포가 구토처럼 그녀 가슴에 치밀어 오르는 것이었습니다.

"자, 여보 이제 돌아가요."

그녀는 따뜻한 목욕물 속에서 떨면서 남편 쪽을 보았습니다. 수면에서 목만이 검은 부표처럼 떠올라 그녀의 말을 듣고도 그 사람은 움직이지도 않거니와 아무런 대답도 없습니다.

"여보, 거기에 계시는 것은 당신 맞지요?"

그녀는 공포의 외침소리를 내며 검은 덩어리 쪽으로 가까이 가서 그 목이라고 생각되는 부분을 잡아 힘껏 흔들었습니다.

"음. 돌아가자. 하지만 그 전에 다시 한 번만 당신에게 보여주고 싶은 것이 있어. 뭐 그렇게 무서워하지 말고 가만히 있는 게 좋을 거야."

히로스케는 뭔가 생각하고 다시 생각하고는 천천히 대답했습니다. 그 대답하는 방식이 한층 치요코를 무섭게 만들었습니다.

"저, 이번에야 말로 정말 더이상 참을 수 없어요. 저는 무서워요. 보세요. 이렇게 몸이 떨린다구요. 정말 이렇게 무서운 섬 같은 데에는 잠시라도 견딜 수 없을 거예요."

"진짜로 떨고 있네. 그런데 당신은 무엇이 그리도 무서운 거야?"

"뭐라니요? 이 섬에 있는 섬뜩한 장치가 무서워요. 그것을 생각하신 당신이 무서워요."

"내가 말이야?"

"네 그래요. 하지만 화를 내시는 건 싫어요. 저한테는 이 세상에 당신 이외에는 아무도 없잖아요. 그럼에도 불구하고 요즘은 어쩌다가 문득 당신이 무섭게 느껴져요. 당신이 정말로 저를 사랑하시는지가 믿어지지 않는다구요. 이런 섬뜩한 섬의 어둠 속에서 혹시나 당신이 실은 너를 사랑하지 않는다고 말씀하시지는 않을까 생각하면 저는 정말 무섭고 무서워서 견딜 수 없어요."

"묘한 말을 다 하는군. 당신은 그것을 지금 말하지 않는 게 좋을 거야. 당신 마음은 나도 잘 알고 있어. 이런 어둠 속에서 어떻게 하라는 거야."

"하지만 지금 마침 그런 생각이 들기 시작한 걸요. 아마 난 그런 여러 가지 일들을 보고 흥분하고 있는 걸거예요. 그래서 평소보다는 생각한 것을 말할 수 있게 된 거예요. 그래도 당신은 화 내지 마세요, 아시겠죠?."

"당신이 나를 의심하고 있는 것은 잘 알고 있어."

치요코는 이 히로스케의 어조에 깜짝 놀라서 갑자기 입을 다물었습니다. 이상하게도 그녀는 언제였던가 현실에서인지 혹은 꿈속에서인지 이와 같은 정경을 똑같이 경험한 적이 있었던 것 같다는 생각이 들기 시작했습니다. 그것은 무언가 그녀가 이 세상에 태어나기 이전의 사건 같기도 합니다. 그때도 그들은 지옥 같은 어둠 속에서 목욕물 위에 목만 내밀고 작고 작은 망자(죽은 사람)처럼 마주 보고 있었습니다. 그리고 상대 남자는 역시 "당신이 나를 의심하고 있는 것은 잘 알고 있어."라고 대답한 것입니다. 그 후 그녀는 어떤 말을 했는지 남자가 어떤 태도를 취했는지 혹은 어떤 무서운 종말이 있었는지, 그런 나중 일은 확실히 알고 있다고 생각했는데 막상 기억하려하니 아무리 해도 생각이 나질 않네요.

"나는 잘 알고 있어."

히로스케는 치요코가 말이 없는 것을 뒤쫓아 가듯이 되풀이했습니다.

"아니오. 아니에요. 안 돼요. 더 이상 말씀하지 마세요."

치요코는 히로스케가 계속해서 말하는 것을 제지하며 외쳤습니다.

"저는 당신과 말하는 것이 무서워요. 그것보다도 아무 말씀도 하지 말고 빨리빨리 저를 데리고 돌아가 주세요."

그때였습니다. 어둠을 가르는 듯한 격렬한 음향이 귀청을 찢는가 싶더니, 갑자기 남편의 목에 매달린 치요코의 머리 위에 톡톡 불꽃이 지더니 도깨비처럼 빛나는 광경이 펼쳐졌습니다.

"놀라지 마. 불꽃이야. 내가 궁리해낸 파노라마 나라의 불꽃이야. 저거 봐. 보통 불꽃과 달리 우리 것은 저렇게 오랫동안 하늘이 비친 환등사진처럼 가만히 있는다니까?. 이거야. 내가 아까 당신에게 보여줄 것이 있다고 말한 것이."

확인해보니 그것은 히로스케가 말하는 대로 마치 구름에 비친 환등사진처럼 황금빛으로 빛나는 한 마리의 큰 거미가 하늘 가득히 퍼져 있는 것이었습니다. 게다가 그것이 똑바로 그려진 여덟 개 다리의 마디마디를 이상하게 꿈틀거리며 천천히 그들 쪽으로 떨어지는 것이었습니다. 설사 그것이 불로 그려진 그림이라고는 하나, 한 마리의 큰 거미가 새까만 하늘을 덮고 가장 섬뜩한 복부를 숨지지 않고 드러내어 바르작거리면서 머리 위에 다가오는 경치는 어떤 사람에게는 더할 나위 없는 아름다움이겠지만, 원래 거미를 싫어하는 치요코에게는 숨이 막힐 정도로 무서워서 보지 않겠다고 해도 그 무서움에 역시 이상한 매력이 있었는지 까딱하면 그녀의 눈은 하늘로 향해져서 그때마다 매번 전보다도 훨씬 더 가까이 다가오는 괴물을 보지 않을 수 없었습니다. 그리고 그 경치 그 자체보다도 더욱더 그녀를 부들부들 떨게 만든 것은 이 큰 거미의 불꽃도 그녀는 언젠가의 경험 속에 보았던, 전부 두 번째라는 의식이었습니다.

"저는 더 이상 불꽃같은 것은 보고 싶지는 않아요. 그렇게 언제까지고 저를 무섭게 만들지 말고 정말 돌아가게 해주세요. 자, 돌아가자구요."

그녀는 이뿌리를 꽉 물고 간신히 말했습니다. 그러나 그때에는 불의 거미는 이미 흔적도 없이 어둠 속으로 녹아들어갔습니다.

"당신은 연화(煙花)80)마저 무서운 거야? 손이 많이 가는 사람이군. 이번에는 그런 기분 나쁜 것이 아니라 틀림없이

---

80) 연화(煙花) : 화약이 터지면서 여러 가지 꽃무늬를 하늘에 드러내는 중국식 딱총.

아름다운 꽃이 필거야. 조금 더 참고 봐 보라고. 저것 봐! 이 연못의 건너편에 검은 통이 있던 것을 기억하고 있지? 그것이 연화(煙花) 통이야. 이 연못 아래에 우리 마을이 있고 거기에서 우리 집 하인들이 연화(煙花)를 올리고 있는 거야. 전혀 이상할 것도 무서울 것도 없어."

어느새 히로스케의 양손이 쇠 기름통처럼 이상한 힘으로 치요코의 어깨를 꽉 껴안았습니다. 그녀는 지금 고양이 발톱에 걸린 쥐처럼 도망치려고 해도 도망칠 수가 없습니다.

"어머" 그것을 느끼자, 그녀는 이제 비명을 지르지 않을 수 없었습니다.

"죄송해요. 죄송해요."

"죄송하다니, 당신이 뭘 사과할 게 있어?" 히로스케의 어조는 점점 일종의 힘을 가하기 시작했습니다.

"당신이 생각하는 것을 말해 봐요. 나를 어떤 식으로 생각하고 있는지, 솔직히 말해 봐. 자."

"아, 마침내 당신이 그것을 말씀하셨군요. 하지만 저는 지금은 무섭고 무서워서."

치요코의 목소리는 흐느껴 우는 것처럼 띄엄띄엄 이어지고 있었습니다.

"하지만 지금이 가장 좋은 기회야. 우리 곁에는 아무도 없어. 당신이 무엇을 말하든 당신이 무서워하고 있는 것처럼 세상에게는 들리지 않아. 나와 당신 앞에 그 어떤 숨김이 필요하겠어! 자, 단숨에 말해 봐."

새카만 골짜기의 욕조 안에서 이상한 문답이 시작된 것입니다. 그 정경이 이상한 만큼 두 사람의 마음에는 다소 광기 같은 분자가 더해져 있지 않다고 할 수 없습니다. 특히 치요코의 목소리는 이미 묘하게 드높고 날카로워졌습니다.

"그럼 말씀드릴게요." 치요코는 갑자기 사람이 달라진 것처럼 막힘없이 당당하게 말하기 시작했습니다. "털어놓고 말씀드리면 저도 당신으로부터 정말 듣고 싶었어요. 부디 그렇게 애태우지 말고 진실을 말씀해 주세요…. 당신은 혹시 고모다 겐자부로(菰田源三郞)와는 전혀 다른 분이 아니었던가요? 자, 그것을 들려주세요. 그 무덤에서 되살아나 돌아오시고 나서, 오랫동안 저는 당신이 진짜 당신인지 어떤지를 의심하고 있었어요. 겐자부로 씨는 당신처럼 무시무시한 재능을 전혀 가지고 있지 않아요. 이 섬에 오기 전부터 저는 정말 아마 당신도 알아차리셨겠지만 절반은 그 의심을 확신하고 있었어요. 게다가 여기의 각종 기분 나쁜, 그러면서도 이상한 것과 사람을 매혹시키는 경치를 보니, 나머지 절반의 의심도 확실히 풀린 것 같아요. 자, 그것을 말씀해 주세요."

"하하하하, 당신이 결국 본심을 말했군." 히로스케의 목소리는 묘하게 차분했는데 어딘가 자포자기의 상태를 감출 수는 없었습니다. "내가 당치도 않은 실수를 해 버린건가. 나는 사랑해서는 안 되는 사람을 사랑한 거군. 나는 얼마나 그것을 참고 견뎠을까? 하지만 조금만 더 참았더라면 좋았으련만 결국 그것을 참지 못했군. 그리고 내가 걱정한 대로 당신은 내 정체를 알아버렸고."

그러고 나서 히로스케는 그 또한 뭐에 홀린 사람인듯 막힘없이 당당하게 그의 음모의 대략을 말하는 것이었습니다. 그 사이에도 아무것도 모르는 지하의 연화(煙花) 담당자는 주인들의 눈을 기쁘하게 하고자 준비한 연화 탄알을 계속해서 쏘아올리고 있었습니다. 혹은 괴기한 동물들의, 혹은 유달리 아름다운 꽃 모양의, 혹은 황당무계하고 다양한 형태의 화려하게, 푸른색으로 빨간색으로 노란색으로 어두운 하늘에 넓게 번쩍이는 화염은 그대로 골짜기 밑의 수면을 채색하고, 그 안에 두둥실 떠올라 있는 두 개의 수박 같은 그들 머리를 그 표정의 미세한 점에 이르기까지 무대의 착색

조명 그대로 이상하게 비추는 것이었습니다.

  열심히 계속해서 지껄이는 히로스케의 얼굴이 어느 때는 술 취한 사람처럼 얼굴이 불그스름해지고, 어느 때는 죽은 사람처럼 새파래지고, 어느 때는 황달 걸린 사람처럼 끔찍한 얼굴 표정을 보이고, 어느 때는 새카만 어둠 속의 목소리만 남아 그것이 괴기한 이야기의 내용과 뒤섞여서 극도로 치요코를 위협하는 것이었습니다. 치요코는 너무 무서운 나머지 참을 수 없어서 몇 번이나 그 자리를 도망치려고 시도했지만 히로스케의 미친 듯한 포옹으로 아무리 힘을 써도 그녀를 떼어 놓으려 하지 않았습니다.

23

 "당신이 어느 정도까지 내 음모를 알고 있었는지 몰라. 민감한 당신은 분명 상당히 깊은 데까지 이리저리 상상하고 있었을 거야. 그러나 아무리 대단한 당신도 내 계획이나 이상이 이 정도로 꿋꿋한 것이라고는 설마 몰랐을 거야."

 이야기를 마치자 마침 그때는 새빨간 연화가 아직도 꺼지지 않고 하늘을 물들이고 있었습니다. 히로스케는 치요코를 가만히, 그러나 매섭게 노려보았습니다.

 "돌아가게 해 주세요, 돌려보내 주세요."

 치요코는 이미 조금 전부터 체면을 잊고 울고불고하며 오직 이 한 마디를 되풀이하기만 했습니다.

 "잘 들어, 여보(치요코)!" 히로스케는 그녀의 입을 막을 듯한 기세로 호통을 쳤습니다.

 "이렇게 다 털어놓고 나서 당신을 그냥 돌려보낼 수가 있다고 생각해? 당신은 이미 나를 사랑하지 않는 거야? 어제까지 아니 바로 조금 전까지 당신은 나를 진짜 겐자부로인지 어떤지 의심하면서도 역시 나를 사랑하고 있었잖아? 그러더니 내가 솔직히 다 고백하니까 벌써 나를 원수처럼 미워하고 무서워하는 거야?"

"놓아 주세요. 돌려보내 주세요."

"그래? 그럼 당신은 역시 나를 남편의 원수라고 생각하고 있구만. 고모다 집안의 원수라고 생각하고 있군. 치요코, 당신 잘 들어둬. 나는 당신이 뭐라고 할 수 없을 만큼 예쁘고 귀여워. 차라리 당신과 함께 죽어 버리고 싶을 정도로 생각한다고. 하지만 내게는 아직 미련이 있어. 히토미 히로스케(人見廣介)를 없애고 고모다 겐자부로(菰田源三郎)를 소생시키기 위해 내가 얼마나 고심을 했는지, 그리고 이 파노라마 나라를 세우기까지 어떤 희생을 치렀는지, 그것을 생각하면 이제 한 달 정도면 완성되는 이 섬을 내팽개치고 죽을 수는 없어. 그러니 치요코, 나는 당신을 죽이는 것 외에 달리 방도가 없다구."

"죽이지 마세요." 그 말을 듣자 치요코는 쉰 목소리를 내지르며 외치는 것입니다.

"죽이지 마세요. 뭐든지 당신이 말씀하시는 대로 할게요.

겐자부로로서 지금까지처럼 당신을 모실게요. 아무에게도 말하지 않을게요. 앞으로도 입 밖에 내지 않겠습니다. 부디 죽이지 마세요."

"진짜야?" 연화 때문에 새파랗게 채색된 히로스케의 얼굴의 눈만이 자색으로 번쩍번쩍 빛나며 꿰뚫듯 치요코를 노려보았습니다.

"하하하하, 다 소용없어. 이제 소용없어. 나는 이제 당신이 뭐라고 말하든 믿을 수가 없어. 어쩌면 당신은 아직 얼마어느 정도 나를 사랑하고 있을지도 모르지. 당신이 하는 말이 진짜인지도 몰라. 그러나 무슨 증거가 있어? 당신을 살려 두면 내 신세를 망쳐놓을 거야. 좋아, 또 당신은 남에게 알리지 않겠다고 해도, 내 고백을 들어버린 이상은 여자인 당신 기량으로는 도저히 나만의 허세가 풀리지 않을 거야. 언제일지는 모르겠지만 당신의 거동이 그것을 털어놓고 말 거야. 어쨌든 간에 나는 당신을 죽이는 것 이외에 다른 방도가 없어."

"싫어요. 정말 싫어요. 제게는 부모가 있어요. 형제가 있어요. 제발 부탁이니 살려 주세요. 정말 나무인형처럼 당신이 말하는 대로 다 할게요. 놓아 주세요. 제발 놓아 주세요."

"그거, 봐! 당신은 목숨이 아까운 거야. 내 희생이 될 생각은 없는 거야. 당신은 나를 사랑하지 않은 거라구. 겐자부로만을 사랑하고 있던 거야. 아니, 설사 겐자부로와 같은 생김새의 남자를 사랑할 수 있어도 악인인 나만은 도무지 사랑할 수 없는 거겠지. 나는 지금에서야 알았어. 나는 무슨 일이 있어도 당신을 죽일 수밖에 없어."

그리고 히로스케의 양팔은 치요코 어깨에서 천천히 위치를 바꾸고 그녀의 목을 압박하러 다가갔습니다.

"아아아! 사람 살려…."

치요코는 이제 다른 것을 생각할 경황이 전혀 없었습니다. 그녀의 먼 선조에게 물려받은 호신의 본능은 그녀로 하여금 고릴라처럼 이빨을 드러내게 만들었습니다. 그리고 거의 반사적으로 그녀의 날카로운 송곳니는 히로스케의 윗팔을 깊숙이 물어뜯었습니다.

"빌어먹을."

히로스케는 자기도 모르게 손을 느슨하게 풀지 않을 수 없었습니다. 그 틈을 이용해서 치요코는 평소의 그녀로서는 도저히 상상할 수 없게 재빠르게 히로스케의 팔을 빠져 나오자 무서운 기세로 바다표범처럼 물속에 뛰어들어 새카만 저편 기슭으로 도망쳤습니다.

"사람 살려…."

귀청을 찢는 듯한 비명이 사방의 작은 산에 울려 퍼졌습니다.

"바보 아냐? 여기는 산속이야. 누가 구하러 오겠어? 낮에 있던 여자들은 이미 이 땅 밑의 방에 돌아가서 푹 잠들었을 거야. 게다가 당신은 도망갈 길도 모르잖아?"

히로스케는 일부러 여유를 보이면서 고양이처럼 그녀에게 접근합니다. 지상에는 아무도 없다는 것은 이 왕국의 주인인 그는 잘 알고 있었습니다. 약간 걱정인 것은 그녀의 비명이 연화통을 통해 먼 지하에 전달되지는 않았을까 하는 것이었는데, 다행히 그녀가 상륙한 곳은 그 반대쪽이었고 또 지하의 연화를 쏘아 올리는 장치 바로 옆에는 발전용 엔진이 굉장한 소리를 내뿜고 있어 좀처럼 지상의 소리가 들을 수가 없었습니다. 게다가 더욱 안심한 것은 마침 지금 십여발 째의 연화가 쏘아 올려져서 아까의 비명은 그 소리 때문에 거의 없어지고 말았다는 것입니다.

아직도 꺼지지 않은 황금빛의 화염은 이리저리 출구를 찾아 도망치려고 허둥대는 치요코의 애처로운 모습을 또렷이 비추고 있습니다. 히로스케는 한 번 펄쩍 뛰어서 그녀의 몸에 달려들어 거기에서 겹쳐 넘어지자 아무 어려움 없이 그녀의 목에 양손을 댈 수 있었습니다. 그리고 그녀가 두 번째 비명을 내기 전에 그녀의 호흡은 이미 고통스러워지고 말았습니다.

"제발 용서해 줘. 나는 지금도 당신을 사랑해. 하지만 나는 너무 욕심이 많아. 이 섬에서 행해지는 온갖 환락을 내팽개칠 수가 없어. 당신 한 사람 때문에 내 신세를 망칠 수는 없어."

마침내 뚝뚝 눈물을 흘리며 히로스케는 "용서해 줘, 용서해 줘"를 계속 외치면서 더욱 더 단단하게 팔을 죄었습니다. 그의 몸 아래에서는 육체와 육체가 닿고 나체의 치요코가 그물에 걸린 물고기처럼 펄떡펄떡 뛰고 있었습니다.

인공 꽃 산의 골짜기 밑, 따뜻하고 향기로운 수증기 속에서 괴이한 연화의 오색 무지개를 뒤집어쓰고 발광하며 까불고 있는 짐승 두 마리처럼 두 사람의 나체가 서로 뒤엉킵니다. 그것은 무시무시한 살인 같은 것이 아니라 오히려 황홀해진 남녀의 나체 춤이라 보여지는 것이었습니다.

악착같이 뒤쫓는 팔, 도망치려고 우왕좌왕하는 살갗, 어떤 때는 밀착된 볼과 볼 사이에 짠 눈물이 뒤섞이고 가슴과 가슴이 미칠 것 같은 심장의 고동소리를 맞추며 그 급류의 비지땀은 두 사람의 몸을 해삼 같이 흐물흐물한 것으로 풀어헤쳐 가는 것처럼 보였습니다.

쟁투라기보다는 유희라는 느낌이었습니다. '죽음의 유희'라는 것이 있다면, 정말 이런 것이겠지요. 상대의 배에 올라타고 그 가는 목을 꽉 조르고 있는 히로스케도 남자의 늠름한 근육 아래에서 발버둥이치며 허덕이는 치요코도 어느 사이에 고통을 잊고 황홀한 쾌감, 이루 말할 수 없는 유정천(有頂天)에 빠져들어 가는 것이었습니다.

얼마 후 치요코의 새파래진 손가락이 단말마의 아름다운 곡선을 그리며 몇 번이나 허공을 저었고 그녀의 투명한 콧구멍에서 실 같은 끈적끈적한 피가 뚝뚝 흘러나왔습니다. 그리고 마침 그때, 마치 약속이라도 한 듯이 쏘아 올려진 연화의 거대한 황금빛 꽃잎은 또렷하게 검은 우단(비로드)의 하늘을 나누어 하계의 화원과 샘과 거기에서 뒤엉킨 두 개의 육괴(고깃덩어리)에 내리쏟아지는 금가루 속에 가두고 갔습니다. 치요코의 핏기 없는 얼굴, 그 위에 흐르는 실 같이 가늘고 빨간 칠(漆)처럼 반들반들한 한 줄기의 끈적끈적한 피, 그것이 얼마나 고요하고 아름답게 보였을까요?

24

 히토미 히로스케는 그 날부터 T시의 고모다 저택에 돌아가지 않게 되었습니다. 그는 완전히 '파노라마 나라'의 주민으로, 이 실성한 왕국의 군주로서 '오키노시마'에 영주하게 되었습니다.
 "치요코는 이 파노라마 나라의 여왕님이다. 인간계로는 결코 두 번 다시 모습을 보이지 않을 것이다. 당신은 이 섬에 있는 군상(群像)81)의 나라를 본 적이 있는가? 어떤 때에는 치요코는 저 눈이 핑핑 돌게 죽 늘어선 나체상의 한 사람인 양 행세한 적도 있어. 그렇지 않을 때는 바다 아래의 인어인지 독사 나라의 뱀을 부리는 사람인지 화원에 어지럽게 피어 있는 꽃의 정령인지, 그리고 그런 놀이에도 물리면 이 웅장하고 화려한 궁전의 깊숙이 비단 장막에 싸인, 부귀영화의 여왕님이다. 이 낙원의 생활을 어찌 그녀가 좋아하지

---

81) 군상(群像) : 떼를 지어 모여 있는 많은 사람들.

앉을 수 있을까? 그녀는 마치 옛날이야기의 우라시마타로(浦島太郞)[82]처럼 시간을 잊고 집을 잊고 이 나라의 아름다움에 도취되었던 것이다. 당신은 전혀 걱정할 필요가 없어. 당신이 사랑하는 남편은 지금 행복의 절정에 있으니까."

치요코의 나이든 유모가 주인의 안부를 걱정해서 일부러 '오키노시마(沖の島)'로 그녀를 맞이하러 찾아왔을 때 히로스케는 섬 지하를 뚫고 건축한 장엄하고 화려한 궁전 옥좌에 앉아 마치 한 나라의 제왕이 그 신하를 접견하는 것처럼 엄숙한 의례로 이 나이 든 노파를 놀라게 했습니다. 노파는 히로스케의 아름다운 말에 안도했는지, 그게 아니면 그 자리의 광경이 어마어마했던 것에 깊은 감동을 받았는지 뭐라고 대꾸하지도 못하고 물러설 수밖에 다른 방도가 없었습니다.

---

[82] 우라시마타로(浦島太郞) : 우라시마(浦島) 설화의 주인공인 '우라시마노코(浦島の子)'의, 오토기조시(御伽草子, 무로마치(室町)시대에 성행한 동화 풍의 소설) 이후의 명칭. 또는 그 전설. 단고(丹後) 지역의 어부 우라시마(浦島)는 어느 날 살려준 거북의 초대를 받아 바다 속의 용궁에 가서, 용녀의 환대를 받는다. 선물로 '다마테바코(玉手箱, 용궁의 선녀한테 얻었다는 상자)'를 받고 마을에 돌아오니, 지상에서는 이미 300년이 지나 있어 열어보지 말라고 했던 상자를 열자, 흰 연기와 함께 순식간에 노인이 되어 버렸다는 이야기.

모든 것이 전부 이런 식이었습니다. 치요코의 아버지에게는 거듭 막대한 선물을, 그 밖의 친인척에는 어떤 사람에게는 경제적인 압박을, 어떤 사람에게는 그 반대로 아낌없이 비싼 선물을 하사하기도 했습니다. 그리고 정부나 관청 방면의 뇌물 등도 쓰노다 노인의 손을 통해 빈틈없이 실행되고 있었습니다.

 한편 섬사람들은 치요코 여왕의 모습을 작은 틈으로 살짝 엿보는 것조차 허용되지 않았습니다. 그녀는 낮에도 밤에도 지하 궁전의 깊숙이, 히로스케 거실 안쪽의 무거운 장막 뒤에 숨어 어떤 사람이라 하더라도 그 방에 들어가는 것이 금지되어 있었던 것입니다. 하지만 주인의 이상한 기호를 알고 있는 섬사람들은 필시 그 장막 깊숙한 곳에는 임금님과 여왕님만의 환락과 꿈의 세계가 숨겨져 있을 것이라고 히죽히죽 웃으면서 소문 이야기를 나눌 정도로 누구 하나 의심을 품는 사람도 없습니다. 섬사람들 몇 명의 남녀를 제외하면 치요코의 얼굴을 확실히 잘 알고 있는 사람도 없었고, 우연히 지나가는 길에 여왕님의 모습을 보았다고 하더라도 그 사람이 과연 진짜 치요코인지를 분간할 힘도 없었습니다.

이렇게 해서 거의 불가능한 일이 이루어졌습니다. 히로스케는 고모다 집안의 한없는 재력에 의해 모든 곤란을 극복하고 모든 파탄을 무마시킬 수 있었습니다. 지금까지 가난했던 친인척이 갑자기 벼락부자가 되고 비참했던 곡마단의 무희, 활동사진의 여배우, 온나가부키(女歌舞伎)[83])들은 이 섬에서는 일본 제일의 배우처럼 우대받고, 젊은 문사(文士), 화가, 조각가, 건축가들은 작은 회사의 중역 정도의 수당을 받고 있습니다. 설령 거기가 무서운 섬나라였다고 하더라도 그 사람들이 어찌 파노라마섬을 내팽개칠 용기가 있겠습니까?

그리고 결국 지상 낙원은 찾아왔습니다.

유례를 찾아볼 수 없는 카니발(carnival)[84])의 광기가 온 섬을 덮기 시작했습니다. 화원에서 피는 나부의 꽃, 뜨거운 물의 연못에서 흐트러져 있는 인어 떼, 꺼지지 않는 연화, 살아 있는 군상, 미친 듯이 춤추는 강철로 만든 검은 괴물, 몹시 취해서 연실 웃는 맹수들, 독사의 자오도리(蛇踊り)[85]),

---

83) 온나가부키(女歌舞伎) : 창녀나 여자 연예인들의 가부키(歌舞伎).
84) 카니발(carnival) : 사육제(謝肉祭). 여기에서 전화되어 소란스러운 큰 축제를 나타낸다.

그 사이를 대오를 지어 행진하는 미녀의 연화대(蓮花臺), 그리고 연화대 위에는 비단옷으로 싸인 이 나라들의 임금님, 히토미 히로스케의 실성한 듯한 웃는 얼굴이 있습니다.

연화대는 때로는 섬의 중앙에 완성된 콘크리트의 큰 둥근 기둥의, 그것에는 온통 푸른 담쟁이덩굴이 뻗어 가고 그 사이를 다시 쇠로 만든 담쟁이덩굴 같은 나선형 계단이 나선형으로 꼭대기까지 이어지고 있는데 그 계단을 기어오를 수도 있었습니다.

그곳 꼭대기의 괴기한 버섯 모양의 우산 위로부터는 섬 전체를 아득히 먼 파도가 밀어닥치는 곳까지 한눈에 바라다 볼 수 있었는데 그 조망의 불가사의함을 무엇에 비유하면 좋을까요? 인간 세계에서의 모든 풍경은 나선 계단을 오르면서 동시에 모습을 감추고 화원도 연못도 숲도 사람도, 그냥 보는 여러 겹의 큰 암벽으로 바뀌고 꼭대기에서는 이들 벵갈라[86] 색의 암벽이 마치 한 송이의 꽃의 각각의 꽃잎 형

---

85) 자오도리(蛇踊り) : 나가사키(長崎)시(市)의 스와진자(諏訪神社)의 오쿠니치(御九日 ; 9월 9일. 또는 그 날 수확을 축하하고 행해지는 고장 수호신을 위한 가을 축제) 등에서 행해지는 민속 예능. 자바라도(蛇腹胴)의 종이로 만든 용을 수십 명이 막대기로 지탱하며 들고, 소리를 내거나 박수로 장단을 맞추고 대오를 지어 행진하며 다닌다. 원래는 중국에서 전래된 것이라고 한다.

태로 아득히 먼 물가까지 중첩되어 보이는 것입니다. 파노라마 나라의 나그네는 다양하고 괴기한 경치 뒤에서 이 뜻하지도 않은 조망에 또다시 깜짝 놀라지 않을 수 없습니다. 그것은 마치 섬 전체가 큰 바다에 떠도는 한 송이의 장미라고나 할까요? 거대한 아편의 꿈과 같은 진홍색 꽃이 하늘에 있는 해님과 단 둘이서 대등한 교제를 하고 있는 것입니다. 어떤 나그네는 자칫하면 그의 아주 먼 선조가 보았을 그 신화의 세계를 생각해냈을지도 모릅니다만…….

이들 멋진 무대에서의 밤낮을 가리지 않는 광기와 음탕, 난무와 도취의 환락경(歡樂境)[87], 생사를 넘나드는 각종 유희를 작가는 어떻게 이야기하면 좋을까요? 그것은 아마 독자 여러분의 모든 악몽 중에서 가장 황당무계하고 가장 피투성이의 싸움이며 그리고 가장 유달리 아름다운 것과 상통하는 것이 아닌지 생각됩니다만.

---

86) 벵갈라(네덜란드어) Bengala: 철단. 황토를 구워서 만든 붉은 물감.
87) 환락경(歡樂境) : 즐겁게 놀게 해 주는 장소. 유흥가, 오락장 등. 또는 환락가.

25

 독자 여러분, 이 한 편의 오토기바나시(お伽噺)[88]는, 여기에 상서로이 대단원을 고해야만 할까요? 히토미 히로스케(人見廣介)의 고모다 겐자부로(菰田源三郞)는 이렇게 백세까지 이 불가사의(不可思議)한 파소라마 나라의 환락을 계속 탐닉할 수 있었을까요? 천만에요. 그렇지는 않았어요. 고풍스러운 이야기의 경향으로 클라이맥스 다음에는 카타스트로피(catastrophe, 비극적 결말)라는 수상한 놈이 반드시 기다리고 있었으니까요.

 어느 날 히로스케는 갑자기 무엇 때문인지도 모르는 불안에 휩싸였습니다. 그것은 어쩌면 세상에 이른바 승리자의 비애였는지도 모릅니다. 끊임없는 환락에서 오는 일종의 피로였는지도 모릅니다. 또는 과거의 죄업에 대한 마음속의

---

[88] 오토기바나시(お伽噺) : 아이들에게 들려주는 전설·옛날이야기. 또는 비유적으로 비현실적인 공상 이야기.

공포가 슬며시 그의 선잠의 꿈을 엄습한 것인지도 모릅니다. 그러나 그런 이유 외에 어떤 한 남자가 그 남자의 신변을 감싸는 공기와 함께 슬며시 섬으로 가지고 온, 이상한 흉조(凶兆, 불길한 징조)라고도 할 만한 것이, 혹은 히로스케의 이 불안의 최대의 원인이 아니었을까요?

"이봐, 자네, 저 연못 옆에 멍하니 서 있는 남자는 도대체 누구야? 전혀 본 적이 없는 남자인데."

그는 처음 그 남자를 화원의 뜨거운 물의 연못 부근에서 발견했습니다. 그리고 옆에서 시중드는 시인에게 이렇게 물었습니다.

"주인님, 몰라보시겠습니까?" 시인이 대답하여 말하기를, "저 사람은 저와 같은 문학자입니다. 두 번째로 고용하신 사람 중의 한 사람입니다. 요전에 잠시 고향에 돌아갔다고 해서 안 보였는데 아마 오늘 배편으로 돌아온 것이 아닐까요?"

"아, 그랬나. 그런데 이름은 뭐라고 하나?"

"기타미 고고로(北見小五郎)라든가 했던 것 같습니다."

"기타미 고고로, 나는 전혀 생각이 안 나는데."

그 남자가 이상하게 기억에 남아 있지 않은 것도 뭔가의 불길한 징조는 아니었을까요? 그 이후 히로스케는 어디에 있어도 기타미 고고로라는 문학자의 눈길을 느꼈습니다. 화원의 꽃 속에서, 뜨거운 물이 있는 연못의 수증기 건너편에서, 기계 나라에서는 실린더의 뒤에서, 조각상의 동산에서 군상의 틈새에서, 수풀 속의 거목의 나무 그늘에서 그는 언제나 히로스케의 일거수일투족을 응시하고 있는 것 같았습니다.

그리고 어느 날, 바로 그 섬 중앙의 큰 둥근 기둥 뒤에서 히로스케는 참다못해 결국 그 남자를 불러세웠습니다.

"자네는 기타미 고고로(北見小五郞)라든가 했지. 내가 가는 곳에 늘 자네가 있다는 것이 조금 이상한 것 같은데."

그러자, 우울한 초등학생처럼 멍하니 둥근 기둥에 기대고 있던 상대는 파르께한 얼굴을 조금 붉히면서 공손하게 대답하는 것입니다.

"아니오. 그건 틀림없이 우연일 겁니다, 주인님."

"우연? 아마 자네가 말하는 대로이겠지. 그런데 자네는 지금 거기에서 무엇을 생각하고 있었나?"

"옛날에 읽은 소설에 관해 생각하고 있었습니다. 무척 감명 깊은 소설이었습니다."

"허, 소설? 역시 자네는 문학자였군. 그런데 그것은 누구의 무슨 소설인가?"

"주인님은 아마 알지 못하실 것입니다. 무명작가의 게다가 출판되지 않았던 것이니까. 히토미 히로스케라는 사람의 『R A의 이야기』라는 단편소설입니다."

히로스케는 갑자기 옛날 이름이 불린 것으로 놀라기에는 너무나도 단련을 거쳤습니다. 그는 상대의 의외의 말에 표정근(表情筋) 하나 움직이지 않고 그뿐 아니라 뜻밖에도 자신의 옛날 작품의 애독자를 발견한 이상한 즐거움조차 느끼면서 그리운 듯이 말을 이었습니다.

"히토미 히로스케, 나도 알지. 오토기바나시(お伽噺) 같은 소설을 쓰는 남자였는데, 그 사람은 자네, 내 대학 시절의 친구야. 친구라고 해도 친하게 이야기한 적도 없지만. 그러나 『RA의 이야기』라는 것은 읽지 않았어. 자네는 어떻게 그 원고를 손에 넣은 거야?"

"그렇습니까? 그럼 주인님의 친구 분이셨습니까? 이상한 일도 있는 법이군요. 『RA의 이야기』는 1911년에 쓰인 것인데 그때는 주인님께서는 이미 T시로 돌아오셨을 텐데요."

"돌아왔어. 그 2년쯤 전에 헤어진 채로 히토미와는 서로 떨어져 있어 전혀 소식을 몰라. 그러니까 그가 소설을 쓰기 시작했다는 것도 잡지 광고로 알았을 정도야."

"그럼 대학생 시절에도 별로 친하시지 않으셨습니까?"

"뭐 그런 셈이지. 교실에서 얼굴을 마주치면 인사를 나눌 정도의 사이였어."

"저는 이쪽으로 올 때까지 도쿄의 K잡지 편집국에 있었습니다. 그 관계에서 히토미 씨와도 알게 되어, 미발표 원고도 읽을 수 있었는데요, 이 『RA의 이야기』라는 것은 저 같은 사람은 실로 걸작이라고 생각하고 있었습니다만, 편집장이 지나치게 농염한 묘사를 걱정하여, 그만 깔아뭉개 버리고 말았지요. 그것도 그럴 것이, 히토미 씨는 아직 신출내기로 이름도 없는 작가였으니까요."

"그거 애석한 일이군. 그런데 히토미 히로스케는 요즘은 무엇을 하고 있을까?"

히로스케는 "이 섬에 불러 와도 좋겠지만."이라고 덧붙이고 싶은 것을 간신히 참았습니다. 그 정도로 그는 그 자신의 구악(舊惡, 이전에 잘못한 죄악)에 관해서는 자신이 있었고 진심으로 고모다 겐자부로로 완전히 변모하고 있었습니다.

"아직 모르시나 보군요." 기타미 고고로는 감회 깊은 듯 말합니다.

"그 사람은 작년에 자살을 해 버렸습니다."

"허, 자살을?"

"바다에 빠져 죽었습니다. 유서가 있어 자살이라는 것을 알았습니다."

"무슨 일이라도 있었나?"

"아마 그렇겠죠. 저는 모르겠습니다만… 그렇다고 하더라도, 이상한 것은 주인님과 히토미 씨가 마치 쌍둥이처럼 많이 닮았다는 것입니다. 저는 처음 여기 왔을 때 어쩌면 히토미 씨가 이런 곳에 숨어 있던 것이 아닐까 깜짝 놀랐을 정도였습니다. 물론 주인님도 그것을 알고 계시겠지요?"

"자주 놀림을 당하곤 했어. 하나님께서 당치도 않은 장난을 하시니까."

히로스케는 짐짓 호방하게 웃어 보였습니다. 기타미 고고로도 그에 이끌려 우스워서 참을 수 없다는 듯이 웃었습니다.

그 날은 하늘이 온통 쥐색의 비구름으로 덮여 폭풍전야와 같은, 굉장히 조용하고 바람 한 점 없는, 그렇지만 섬 주위에는 파도가 짐승의 으르렁거리는 소리처럼 섬뜩하게 거품이 이는 듯한 날씨였습니다.

그림자가 없는 큰 둥근 기둥은 낮은 먹구름장으로 가는 악마의 계단처럼 우뚝 솟아 다섯 아름이나 되는 그 뿌리 부근에서 작은 두 명의 인간이 오도카니 대화를 나누고 있었습니다. 여느 때라면 나부의 연화대를 타든가 그렇지 않으면 여러 명의 하인을 곁에 거느리고 있는 히로스케가 이날 따라 딸랑 혼자서 여기에 온 것도, 더군다나 일개 고용인에 지나지 않는 기타미 고고로와 이런 긴 이야기를 시작한 것도 이상하다고 하면 이상한 일이었습니다.

"정말 똑 닮았다니까요. 게다가 닮았다고 하면 또 묘한 일이 있는데요."

기타미 고고로는 점점 끈질기게 이야기에 열중하기 시작했습니다.

"묘한 일이라면?"

히로스케도 뭔가 이대로 헤어질 생각은 없었습니다.

"지금 말씀드린 『ＲＡ의 이야기』라는 소설이 말입니다. 그런데 주인님은 혹시 히토미 씨로부터 그 소설의 줄거리 같은 것을 들으신 적은 없습니까?"

"아니, 그런 일은 없어. 아까도 말한 대로 히토미와는 그냥 학교가 같았던 것에 지나지 않으니까. 교실에서 만나는 그냥 서로 아는 사이이니까 한 번도 깊게 대화를 나눈 것은 없어."

"정말입니까?"

"자네는 이상한 남자네. 내가 거짓말을 할 이유가 없잖은가?"

"그렇지만 당신은 그런 식으로 단언해 버리셔도 괜찮을까요? 혹시 후회하실 일은 없으시겠지요?"

기타미의 이상한 충고를 듣자, 히로스케는 뭔가 오싹하지 않을 수 없었습니다. 하지만 그것이 무엇인지 빤하다는 것을 까맣게 잊은 듯 이상하게도 전혀 생각이 나지 않는 것이었습니다.

"자네는 도대체 무슨…."

히로스케는 말을 하다가 말고, 갑자기 입을 다물었습니다. 희미하게 어떤 사실이 떠올랐던 것입니다. 그의 얼굴은 새파래지고 호흡은 가빠졌으며 겨드랑이에 차가운 것이 흘러내렸습니다.

"저런, 조금씩 아시겠지요? 저라는 남자가 무엇 때문에 이 섬에 찾아왔는지를."

"몰라. 자네가 하는 말은 전혀 알 수 없어. 말도 안되는 이야기는 그만두게나."

그리고 히로스케는 다시 웃었습니다. 그러나 그것은 정말 유령의 웃음소리처럼 힘이 없었습니다.

"모르신다면 말씀드리지요." 기타미는 조금씩 하인의 절도를 잃는 것처럼 보였습니다.

"『RA의 이야기』라는 소설의 몇 가지 장면과 이 섬의 경치는 처음부터 끝까지 완전히 똑같습니다. 그것은 마치 당신이 히토미 씨와 꼭 닮은 것처럼 쏙 빼닮았습니다. 만일 당신이 히토미 씨의 소설도 읽지 않고 이야기도 듣고 계시지 않았다고 하면 이 이상한 일치는 어떻게 생긴 것일까요? 우연의 일치라고 하기에는 너무나도 흡사하다는 말씀이지요. 이 파노라마 섬의 창작은 『RA의 이야기』의 작가와 조금도 다르지 않은 사상과 흥미를 가진 사람이 아니면 할 수 없습니다. 아무리 당신과 히토미 씨의 얼굴 생김새가 비슷하다고 해도 사상까지 전부 동일하다고 하는 것은 너무 이상하지 않습니까? 저는 지금 그것을 생각하고 있었어요."

"그래서 그게 어쨌다는 건가?"

히로스케는 숨을 죽이고 상대의 얼굴을 째려보았습니다.

"아직 모르십니까? 즉 당신은 고모다 겐자부로가 아니라 바로 그 히토미 히로스케임에 틀림없다는 것입니다. 만일 당신이 『RA의 이야기』를 읽었거나 들었거나 했다면 그것을 흉내 내서 이 섬의 경치를 만들었다고 변명하여 발뺌할 방도도 있었겠지요. 그러나 당신은 지금 단 하나의 그 발뺌할 길을 직접 막아 버리시지 않았습니까?"

히로스케는 상대의 교묘한 함정에 걸려든 것을 깨달았습니다. 그는 이 큰 사업에 착수하기 전에 일단 자기가 쓴 소설류를 점검해서 특별히 화근을 남길 만한 일이 없는 것을 확인해 두었는데, 묵살당한 투고 원고까지는 생각하지 못했습니다. 「RA의 이야기」 같은 소설을 쓴 것 조차 거의 잊었을 정도입니다. 이 이야기 서두에서 서술한 바와 같이 그는 쓰는 원고마다 출판사에 의해 죄다 묵살당하는 불쌍한 저술가였기 때문에. 그런데 지금 기타미의 말로 생각해보면 그는 틀림없이 그런 소설을 썼습니다. 인공 풍경의 창작이라는 것은 그의 오랫동안의 꿈이었기 때문에 그 꿈이 한편으로는 소설이 되고 다른 한편으로는 그 소설과 조금도 다르지 않은 실물로서 나타났다고 해도 전혀 이상하지 않았습니다. 그만큼 생각하고 또 생각한 그의 계획에도 역시 실수가 있었던 것입니다. 그것이 하필이면 자기가 투고한 원고 때문이라니. 그는 후회하고 후회해도 아무 소용이 없다는 생각이 들었습니다.

'아, 이제 틀렸다. 결국 이녀석 때문에 정체가 탄로 나 버릴지도 모르겠군. 하지만 잠깐만. 이 녀석이 쥐고 있는 것은 고작해야 한 편의 소설이 아닌가? 아직 주저앉기에는 조금 이르다구. 이 섬의 경치가 다른 사람의 소설과 닮았다고 한들 아무것도 범죄의 증거는 되지 않으니까.'

히로스케는 눈 깜짝할 사이에 마음을 정하고 느긋한 태도를 되찾을 수 있었습니다.

"하하하하, 자네도 쓸데없는 고생을 하는 남자구만. 내가 히토미 히로스케라고? 아니 뭐 히토미 히로스케라도 전혀 상관없지 않잖아? 누가 뭐래도 나는 고모다 겐자부로임에 틀림없으니까 어쩔 도리가 없군."

"아니, 제가 쥐고 있는 증거가 그뿐이라고 생각하면 큰 착각이에요. 나는 전부 알고 있다구요. 알고는 있지만, 당신 자신의 입을 통해 자백하게끔 이렇게 번거로운 방법을 택한 것입니다. 느닷없이 경찰이 관여한 사건으로는 만들고 싶지 않은 이유가 있으니까요. 그 이유는 제가 당신의 예술에는 진심으로 탄복하고 있기 때문입니다. 아무리 히가시코지(東小

路) 백작 부인의 부탁이라고 해도 이 위대한 천재를 갈기갈기 세상의 법률로 판단하게 하고 싶지는 않기 때문입니다."

"그러면 자네는 히가시코지가 보낸 염탐꾼인 게로군."

히로스케는 가까스로 의미를 깨달았을 수 있었습니다. 겐자부로의 여동생이 출가한 히가시코지(東小路) 백작은 수많은 친척 중에서 금전의 힘으로 마음대로 할 수 없는 단 하나의 예외였습니다. 기타미 고고로는 다름 아닌 그 히가시코지 부인의 앞잡이였던 것입니다.

"그렇습니다. 저는 히가시코지 부인의 의뢰를 받아 와 있는 사람입니다. 평소 고향 쪽과는 거의 교류가 없는 히가시코지 부인이 멀리서 당신의 행동을 감시하고 계셨다고 하니 당신으로서도 의외시겠지요."

"아니, 여동생이 내게 당치도 않은 의심을 하고 있다니 의외로군. 만나서 이야기해 보면 금방 알 수 있는 일인데."

"그런 것을 말씀해봤자 지금 와서 무슨 소용이 있습니까? 『RA의 이야기』는 제가 당신을 의심하기 시작한 단지 실마리에 지나지 않고 진짜 증거는 따로 있으니까요."

"그럼 그 이야기를 들어보지."

"예를 들어 말입니다."

"예를 들면?"

"예를 들면 이 콘크리트 벽에 딱 붙어 있는 머리카락 한 올인데요."

기타미 고고로는 그렇게 말하고 옆에 있는 큰 둥근 기둥 표면의 담쟁이덩굴을 헤치고 그 사이에 보이는 하얀 지표에서 우담화처럼 나 있는 한 올의 긴 머리카락을 보여주었습니다.

"당신은 아마 이것이 무엇을 의미하는지 아시겠지요…?, 아니지, 그러면 안 됩니다. 당신의 손가락이 방아쇠에 닿기 전에 보세요. 제 탄알이 먼저 튀어나갈 겁니다."

기타미는 그렇게 말하고 오른손에 든 빛나는 것을 눈앞에 들이댔습니다. 히로스케는 주머니에 손을 넣은 채 돌처럼 움직일 수 없었습니다.

"저는 얼마 전부터 이 한 올의 머리카락에 관해 계속 생각하고 있었습니다. 지금 당신과 이야기하고 있는 동안에 간신히 진상에 접할 수 있게 되었네요. 이 머리카락은 한 올만 떨어진 것이 아니라 안쪽에서 뭔가에 이어져 있는 것을 확인할 수 있었습니다. 그럼 지금 그것을 시험해 볼까요?"

기타미 고고로는 뭔가 말하는가 싶더니 느닷없이 주머니

에서 대형 잭나이프를 꺼내서 머리카락 아래 주변을 목표로 삼아 힘껏 마구 찔러 대는 것이었습니다. 그러자 콘크리트가 산산조각으로 부서지고 이윽고 튼튼한 날붙이가 절반쯤 숨겨졌나 싶더니 그 칼끝을 통해 새빨간 액체가 줄줄 흘러나와 순식간에 하얀 콘크리트 표면에 선명한 한 송이의 목단 꽃이 피어 피어났습니다.

"파내서 볼 필요도 없습니다. 이 기둥에는 인간의 시신이 숨겨져 있습니다. 당신의, 아니 고모다 겐자부로 씨의 부인의 시신이."

유령처럼 새파래져서 금세라도 거기에 주저앉을 것 같은 히로스케를 한손으로 껴안아 움쭉 못하게 하면서 기타미는 그냥 평소의 어조로 말을 이어갔습니다.

"물론 저는 이 한 올의 머리카락을 통해 모든 것을 추측한 것은 아닙니다. 히토미 히로스케가 고모다 겐자부로 행세하기 위해서는 고모다 부인의 존재가 최대 장애였을 것이라는 점을 깨달았습니다. 그래서 당신과 부인 사이를 주의 깊게 관찰하고 있었는데 갑자기 부인의 모습이 우리 시계에서 사라져 버린 일이 발생했습니다. 다른 사람은 끝까지 속일 수 있어도 저를 속일 수는 없었습니다. 이것은 다름 아니라 당신이 틀림없이 부인을 살해했을 것이라 생각했기 때문입니다. 살해한 이상 반드시 시신을 숨길 장소가 필요했을 것이구요. 당신과 같은 분은 어떤 장소를 고르실까요? 그런데 저로서도 운이 좋았던 것은, 이것도 당신은 잊으셨을지도 모르지만, 『RA의 이야기』에 그 숨기는 장소가 정확히 암시되어 있었습니다. 그 소설에는 RA라는 남자가 그의 비정상적인 취향에서 콘크리트의 큰 둥근 기둥을 세울 때 옛날 '하시부신(橋普請) 전설[89]'을 모방해서 (소설이니만큼 사람을 죽이는 것은 자유자재입니다) 그 콘크리트 속에 한 여자를 인간 기둥으로 생매장하는 것이 쓰여 있었습니다. '어쩌면?' 이라는 생각에 부인이 이 섬에 오신 날을 하나하나 계산해 보았더니 마침 이 둥근 기둥의 널판장이 만들어져서 시멘트를 부어 넣기 시작한 무렵인 것을 알았습니다. 참으로 숨기는 장소로서는 안전한 곳입니다. 당신은 단지 사람이 없을 때를 골라 발판 위까지 시신을 들어 올려 널판장 속에 떨어뜨려 넣고 그 위에 두세 포대 시멘트를 흘

---

[89] 하시부신(橋普請) 전설 : '人柱(ひとばしら, 사람 기둥) 전설'을 가리킨다. 여기에서 '人柱(ひとばしら, 사람 기둥)'은 축성(築城)·가교(架橋)·제방(堤防) 공사 등의 완성을 기원해서 신에게 제물로 바치기 위해 사람을 흙 속이나 물속에 묻는 것을 말한다.

려 두기면 하면 되었으니까요. 하지만, 부인의 머리카락이 한 올만 콘크리트 밖으로 엉켜서 나온 것이 범죄에는 뭔가 예기치 못한 실수가 생긴 것이 아닐까요?"

이제 히로스케는 무너지듯 맥없이 쓰러져 둥근 기둥의 딱 치요코의 피 언저리에 기대고 있었습니다. 기타미 고고로는 그 비참한 모습을 불쌍하게 바라다보면서 하지만 생각하고 있던 것만은 다 말할 심산이었던 것 같습니다.

"그것을 반대로 하면, 즉 당신이 부인을 살해해야만 했다는 것은 바꿔 말하면 당신이 고모다 겐자부로가 아니라는 사실을 말해 주기도 합니다. 알겠습니까? 이 부인의 시신이 아까 말한 증거의 하나인 셈이지요. 물론 그것만은 아닙니다. 저는 또 하나 가장 중대한 증거를 쥐고 있습니다. 아마 이미 아시리라고 생각합니다만, 그것은 다름 아니라 고모다 집안의 보리사(菩提寺)의 묘지에 있습니다. 사람들은 고모다 씨의 무덤에서 송장이 사라져 없어지고 다른 장소로 고모다 씨와 똑같은 살아 있는 인간이 나타난 것을 보고 금세 고모다 씨가 소생했다고 완전히 믿고 말았습니다. 그런데 말입니다. 관 속에서 시신이 없어졌다고 해서, 반드시 그 시신이 소생했다고는 할 수 없습니다. 시신은 다른 장소에 옮겨져 있는지도 모르기 때문입니다. 다른 장소, 그것은 가장 가까운 곳에, 몇 개나 되는 관이 묻혀 있으니까 시신을 밖으로 들어낸 사람이 그것을 어딘가에 숨기려고 한다면 그 옆에 있는 관만큼 훌륭한 장소는 없습니다. 이 얼마나 멋진 마술입니까! 고모다 겐자부로의 묘지 옆에는 겐자부로의 조부에 해당하는 사람의 관이 묻혀 있는데 거기에는 지금 당신의 다정한 배려로 할아버지와 손자가 뼈와 뼈가 서로 뒤엉켜 사이좋게 잠들어 있습니다."

기타미 고고로가 거기까지 이야기를 진행했을 때 맥없이 쓰러졌던 히토미 히로스케는 갑자기 벌떡 튀어 일어나서 섬뜩하게 웃음을 터뜨리는 것이었습니다.

"하하하…. 정말 그대는 용케도 철저하게 조사했구먼. 말한 대로입니다. 조금도 틀린 데는 없습니다. 하지만 실은 그대 같은 명탐정의 수고를 끼칠 필요도 없이 나는 이미 파멸에 직면했어요. 시간적으로 빨리 올지 늦어질지 하는 차이가 있을 뿐입니다. 한때는 나도 깜짝 놀라 그대에게 맞서려고까지 생각했지만 다시 생각해 보니, 그런 짓을 해봤자, 불과 보름이나 한 달 동안 지금의 환락을 연장할 수 있을 뿐입니다. 그것이 과연 무엇일까요? 나는 이미 만들고 싶은 만큼 만들고 하고 싶은 대로 했습니다. 미련이 남는 것은 없습니다. 깨끗하게 체념하고 본래의 히토미 히로스케로 돌아가서 그대의 지시에 따르겠습니다. 털어놓으면 그 많은 고모다 집안의 재산도 이제 겨우 한 달 이 생활을 지탱할 정도밖에 남아 있지 않아요. 그러나 그대는 아까 나 같은 남자를 '호락호락 속세의 법률 같은 것으로 심판하게 만들고 싶지 않다'고 말씀하신 것 같은데 그것은 무슨 의미인가요?"

"고마워요. 그 말을 들으니 저도 숙원을 이루어 만족합니다. 그 의미 말입니까? 그것은 경찰 같은 데의 손을 빌리지 않고 미련 없이 깨끗하게 결정해서 처리해 주셨으면 한다는 것을 말합니다. 이것은 히가시코지 백작 부인의 분부는 아닙니다. 역시 예술을 섬기는 한 종복으로서 저 한 개인의 바람입니다만."

"고마워요. 나도 감사의 말씀을 드리고 싶어요. 그럼 잠시 저에게 시간을 좀 주시지 않겠습니까? 단 30분 정도면 충분합니다만."

"좋고 말고요. 섬에는 수백 명의 당신의 하인이 있습니다만, 당신이 무시무시한 범죄자라는 것을 안다면 설마 편을 들 리도 없으니 또한 가세할 사람을 급히 그러모아서 저와의 약속을 파기하실 당신도 아니니까요. 그럼 저는 어디에서 기다리고 있으면 될까요?"

"화원의 뜨거운 물 연못 있는 곳에서."

히로스케는 제 할 말만 해버리고 큰 둥근 기둥의 건너편 쪽으로 가 버려 보이지 않게 되었습니다.

26

 그러고 나서 10분쯤 있다가 기타미 고고로는 많은 나부들에 섞여 뜨거운 물 연못의 향기로운 수증기 안에 상반신을 담그고 편안한 기분으로 히로스케가 오는 것을 고대하며 기다리고 있었습니다.

 하늘은 역시 온통 먹구름으로 덮여 바람은 없고, 눈에 보이는 모든 꽃의 산은 은빛을 띤 쥐색으로 잠들고 뜨거운 물 연못에 잔물결이 일지 않아 거기에 목욕하는 수십 명의 나부 무리조차 마치 죽은 듯이 입을 꽉 다물고 있습니다. 기타미의 눈에는 그 전체 경치가 무엇인가 우울한 천연의 오시에(押絵)[90] 처럼 보이기도 했습니다.

 그리고 10분 20분 지나가는 시간이 정말 지루하게 느껴졌습니다. 변함없이 움직이지 않는 하늘, 꽃의 산, 연못, 나

---

90) 오시에(押絵) : 두꺼운 종이를 꽃·새·인물 등의 모양으로 잘라내고 솜을 넣어두어 아름다운 천으로 싸서 물건에 붙이는 세공.

부의 무리, 그리고 이들을 담고 있는 꿈같은 쥐색.

그러나 얼마 안 있어 사람들은 연못 한 구석에서 쏘아 올려진, 때 아닌 연화 소리에 퍼뜩 제 정신을 차리고 다음 순간 하늘을 올려다보고 거기에 피어나온 빛의 꽃이 너무나도 아름다워 다시 감탄의 외침소리를 내지 않을 수 없었습니다.

그것은 여느 때의 연화의 다섯 배 정도의 크기였기 때문에 거의 하늘 전체로 퍼져가서 하나의 꽃이라기 보다는 모든 꽃을 모아 한 송이로 만든 오색의 꽃잎이 마치 만화경처럼 주르르 내려옴에 따라 그 색과 형태를 바꾸면서 여전히 드넓게 퍼져나갔습니다.

밤의 연화도 아니고 그렇다고 낮의 연화와도 다른, 먹구름과 빛을 띤 쥐색의 배경에 오색의 빛이 괴이한 젖빛이 되어 그것이 시시각각으로 면적을 넓혀가면서 서서히 (달아매어 놓았다가) 떨어뜨려 밑에 있는 사람을 죽게 하는 천장 장치 같이 내려오는 모습은 참으로 영혼마저도 싹 사라져 버릴 듯한 전망이었습니다.

그때 기타미 고고로는 어둡게 하는 오색 빛 아래에서 갑자기 여러 명의 나부의 얼굴에 혹은 어깨에 선홍색 물보라를 보았습니다. 처음에는 수증기의 방울에 연화 색이 비친 거라 여겨 제대로 확인하지 않았지만 이윽고 선홍색 물보라는 더욱더 격렬하게 쏟아지고 그 자신의 이마나 볼에도 이상하게 따뜻한 물방울을 느껴져 그것을 손에 옮겨 보았더니 그것은 다름 아닌 틀림없는 선홍색 방울인 사람의 피였던 것입니다. 그리고 그의 눈앞의 뜨거운 물 표면에 둥실둥실 떠 있는 것을 잘 보니 그것은 무참하게 찢긴 인간의 손목이 어느 틈엔가 거기로 내려와 있었습니다.

기타미 고고로는 그런 피비린내 나는 광경 속에서 이상하게 소란을 피우지 않는 나부들을 의아해하면서 그 역시 그대로 움직이지도 않고 연못 두둑에 가만히 머리를 쳐들고 멀거니 그의 가슴 언저리에 떠 있는 생생한 손목의 꽃을 피운 새빨갛게 베인 부위를 넋을 잃고 바라보았습니다.

이렇게 히토미 히로스케의 오체는 연화와 함께 산산이 부셔져 그가 창조한 파노라마 나라의 온갖 경치가 모두 혈액과 고깃덩이의 비가 되어 쏟아내리는 것이었습니다.

■ 역자 소개

● 박용만(朴用萬)

인하대학교 일어일본학과 졸업
일본 츠쿠바(筑波)대학 대학원 현대문화공공정책학과 졸업
언어학 박사(言語学博士)
전공:일본어학(일본어문법·일본어교육·일본어통번역)
(현) 인하대학교 일본언어문화학과 강사

역서:『고가 사부로(甲賀三郞) 단편 추리소설』〈共譯〉(2022)
　　　『유메노 규사쿠(夢野久作) 단편 추리소설 소녀지옥(少女地獄)』(2022)
논문:「翻訳に現れる日韓『受益構文』の比較研究 -記述的文法の観点から-」일본어문학 Vol.92 (2021),「한일 수익구문(受益構文)의 조사삽입 현상」日本語教育 Vol.87 (2019),「受益構文とアスペクト性について」일본학보 Vol.99 (2014)

■ 감수

● 이성규(李成圭)

(현)인하대학교 교수, 한국일본학회 고문, (전)KBS 일본어 강좌「やさしい日本語」진행, (전)한국일본학회 회장

한국외국어대학교 일본어과 졸업, 일본 쓰쿠바(筑波)대학 대학원 문예·언어연구과(일본어학) 수학, 언어학박사(言語学博士)

전공 : 일본어학(일본어문법·일본어경어·일본어교육)

저서:『도쿄일본어』(1-5),『현대일본어연구』(1-2)〈共著〉,『仁荷日本語』(1-2)〈共著〉,『홍익나가누마 일본어』(1-3)〈共著〉,『홍익일본어독해』(1-2)〈共著〉,『도쿄겐바일본어』(1-2),『現代日本語敬語の研究』〈共著〉,『日本語表現文法研究』1,『클릭 일본어 속으로』〈共著〉,『実用日本語』1〈共著〉,『日本語 受動文 研究의 展開』1,『도쿄실용일본어』〈共著〉,『도쿄 비즈니스 일본어』1,『日本語受動文の研究』,『日本語 語彙論 구축을 위하여』,『일본어 어휘』Ⅰ,『日本語受動文 用例研究』(Ⅰ-Ⅲ),『일본어 조동사 연구』(Ⅰ-Ⅲ)〈共著〉,『일본어 문법연구 서설』,『현대일본어 경어의 제문제』〈共著〉,『현대일본어 문법연구』(Ⅰ-Ⅳ)〈共著〉,『일본어 의뢰표현Ⅰ』,『신판 생활일본어』,『신판 비즈니스일본어』(1-2),『개정판 현대일본어 문법연

구』(Ⅰ-Ⅱ), 『일본어 구어역 마가복음의 언어학적 분석(Ⅰ-Ⅳ)』, 『일본어 구어역 요한복음의 언어학적 분석(Ⅰ-Ⅳ)』, 『일본어 구어역 요한묵시록의 언어학적 분석(Ⅰ-Ⅲ)』

역서: 『은하철도의 밤(銀河鉄道の夜)』, 『인생론 노트(人生論ノート)』〈공역〉, 『두 번째 입맞춤(第二の接吻)』〈공역〉

수상: 최우수교육상(인하대학교, 2003), 연구상(인하대학교, 2004, 2008) 서송한일학술상(서송한일학술상 운영위원회, 2008), 번역가상(사단법인 한국번역가협회, 2017), 학술연구상(인하대학교, 2018)

초판인쇄 2022년 12월 22일
초판발행 2022년 12월 28일
옮 긴 이 박용만
감　　 수 이성규
발 행 처 시간의물레
주　　 소 경기도 파주시 숲속노을로 150, 708-701
전　　 화 031-945-3867
팩　　 스 031-945-3868
전자우편 timeofr@naver.com
홈페이지 http://www.mulretime.com
블 로 그 http://blog.naver.com/mulretime
ＩＳＢＮ　978-89-6511-416-1 (03830)
정　　 가 13,000원
ⓒ 2022 박용만

* 잘못된 책은 바꾸어 드립니다.